빛 근처 무지개 줍기

빛 근처 무지개 줍기

김세연 지음

GASAN BOOKS

빛 근처 무지개 줍기

2016년 11월 22일 1쇄 발행

지은이 | 김세연
펴낸이 | 이종헌
펴낸곳 | 가산출판사 IVY HOUSE / GASAN BOOKS
주 소 | (03735) 서울특별시 서대문구 경기대로 76(2F)
76 Kyonggidae-ro, Seodaemun-gu, Seoul, 03735, KOREA
Tel (02) 3272-5530 Fax (02) 3272-5532
등 록 | 1995년 12월 7일(제10-1238호)
E-mail | tree620@nate.com

ISBN 978-89-6707-015-1 03810

값 9,000원

부끄러워하며 감히 적다

우리는 이제까지, 우리 시대와 너무도 멀리 떨어진 영웅적 인물을 중심으로 한 서사시에 길들여져 왔다. 그것도 서구의 먼 노래에만. 그래서 허블 망원경이 필요했고, 그것을 통해 우주의 저 머나먼 별들을 관찰하곤 했다. 하나의 창백한 점이 아닌 광대하고 웅장한 것들을 보면서 무한한 설렘과 감회에 빠져들기도 했다.

그러나 이제는 카잔차키스의 괴연傀然한 노래『오디세이아』를 끝으로 서사시에 대한 종말을 고해야 한다.

내 고향은 추수 때 탈곡기에 튀는 벼 낟알이 잘 익어 쩍 벌어진 석류 알알에 반사되는 것과 같이, 빛나고 아름답고 그래서 더욱 슬프다.

내가 자랄 때만 해도 일 년에 한두 번 열린 노래 콩쿠르와 연극 공연, 거의 절節마다 어김없이 행해지던 전통 민속 행사며, 여러 종류의 크고 작은 굿이 있었다. 그리고 그 굿을 하기 위해 무인巫人들의 마치 비 온 뒤 첫 햇살이 부챗살처럼 짝 퍼지듯, 또는 한낮 들판의 벼메뚜기같이, 잰걸음 통통, 향내 솔솔 풍기며,

생동감 있게 움직이던 모습들 하며, 그리고 싱그러운 5월이 될 때마다 청탄정聽灘亭 재실齋室에서 도포 자락 휘날리며, 고전古典에 취해, 은은한 퉁소 소리 같은, 고결하여 눈부신 선비들의 한시漢詩 경연은 미래의 풍요를 예견하는 축제의 마당이었던 것이다.

오, 괴테는 노래했다.

나는 경탄하지 않는 자들을 미워한다. 왜냐하면 나는 평생 동안 모든 것에 대해 경탄해 왔으니까.

야콥센의 『닐스 리네』는 향리鄕里에서의 아련한 첫사랑과 너무도 마음씨가 가녀렸던 여인들을 꿈속에나마 만나게끔 하는 계기를 마련했다. 보들레르의 『파리의 우울』에서 서울로 유학遊學 온 여드름투성이의 한 청년이 이국적 풍물에 두려워 떨던 시절을 회억回憶하게 하였다. 그리고 로르카가 스무 살 때 지은 기행문 형식의 『인상과 풍경』은 감수성의 끝 간 데가 이것이다, 라고 마치 증명하는 듯했다. 오, 장미 그 순수한 모순을 노래했던 릴케의 『말테의 수기』 1부는 지금 이 순간에도 무한한 정감을 주는 감수성의 보고寶庫요 화수분이다.

이제껏 서책書冊과 영화에만 파묻혀 바깥세상보다, 딴에는 내면의 깊고 넓은 바다 저편에서 배 띄워 유유자적하기도 하고, 큰 파도에 혼쭐이 나기도 하며, 스스로 안빈낙도를 자청한 무능한 백면서생을 그런 대로 지켜봐 준 동시대 모든 이들에게 미안함이 앞서는 것은 그래도 아직 기본적인 부끄러움이 있음을 보여주는 반증이 아니겠냐고, 살며시 자위하노라.

2016. 11. 무서리 내리던 날

금호산 기슭에서 지은이 씀

차 례

제1부

1967년도

1969년도

1970년도

제 2 부

제 1 부

무제無題의 고뇌

그립던 그날은 어디론지 떠나고
이제는 가련한 이내 몸속에
하염없이 떠도는 슬픈 추억아
아! 울어라. 내 생명 다하여 꿈을 꾸어도
영원히 영원히 못 잊을 것이로다.
이내 꿈이 가는 곳에는 가련한 몸의 자국은
내 영원 꿈이로다.
아! 추억의 꿈이여!
내 꿈은 영원한 것 영원한 꿈이여!
하늘에 날우고 바다에 띄우련다.

광명의 그날

밤은 깊어 삼경이요

처량한 명월 빛은 가슴을 찌르나니.

동산이 밝아오는 광명한 그날은 언젤런고

먼 훗날 먹구름이 명월을 덮고

소리 높은 첫 닭 소리

동산에 울릴 날이겠지.

부모는 자식에게

아버님 어머님 불행하셨다.
샛바람 불어올 때 청운 또한 흩어지고
엄격한 그님 땜 배움 길은 막혔구려.

홉열살 넘기 전후 모친 또한 잃었으니
빵만이 세상 길 험하다구야.

눈뜬 봉사 만드신 조상들이여
그 님들 고요히 생각하시련
아까운 청춘을 빵만을 위해
그날도 부친 따라 괭이를 메구
엄격한 봉건 세속 한스러워랴.

오날도 화롯가에 모여 앉으면
괴롭고 말 못할 내 신세 고냐
우린 이제 늙구나 너희가 있네
대장부 높은 품위 너휠 보노니
앞으로 우리 갈 길 천국이구려.

사월

새 역사를 창조하는 사월의 하늘은
마냥 푸르기만 하누나.
근 몇핼 죽음 속에서……속에서
빗발치는 경멸의 눈초리도……도
나에겐 하나의 추억일러니
그러니 언제나 참고 견디어야 한다.
언제 붉은 태양도 푸른 별들도
강산 만물들도 웃으며 만날까
상상운아 달려라 사월의 하늘.

능能아!

너 얼굴 그다지도 왜 창백하다지.
내가 널 두고, 귀여운 널, 어여쁜 널,
나는 결코 가질 않았네.
오늘도 샛바람과 널 보러 왔네.
너는 아직 내 얼굴 못 보았지만
나는 그때 널 낳길 기다렸다네.
네가 가진 코며 입은 나의 것 같고
붉디붉은 두 볼도 나의 것 같으니
널 못 보고 육체는 죽었지마는
오늘도 널 보며 너를 위하여.

영英!
창가에 봄바람 나부끼는데
요사인 별고는 없사온지요.
오늘도 책상 앞 걸상 위에서
언제나 어느 때 만나볼까를
용서를 비옵니다. 진실한 용서.
창공에 샛바람 훨훨 거린데
그 속에 진정코 계옵신다면.

대장부 포부는 악마와 같고

대장부 갈 길은 초목도 울고
대장부 성격은 폭군도 같이
세상이 뭐라 해도
나는 명색이 대장부이다.
영웅이 되려면 새빨간 핏방울 능히 볼지니
대장부 높은 포부 태산과 같아라.
손 한 번 불끈 쥐면 포부 또한 높이 솟고
기침마다 웃음마다 폭군이 되고 지려
대장부 포부 이룬 모든 싫다. 반대주의다.

죽음의 700일이여 고이 잠드소서

비룡봉 큰 허리 물결 차웁고
다도해 꿈이여 와룡산 높네.
역사의 굴레 속에 피만이 남아
슬픈 그 노래 그치어다오.
이제 먼 하늘 먼동이 트고
흰 장미 구름 속에 갸웃거리니
온 대지 바다 속에 숲을 이루고
가련한 인정은 남아 있으랴.
아! 슬프고 복받친 그 몇 해여.
우리, 성자聖者의 대지 위에
백설 나부끼고
불쌍한 슬픔을 간직하리라.

패敗

허공에 붙은 불이여
잠깐 슬픔을 나누시라

흰 보랏빛 연두색 같은 강산은
이제 맥없이 쓰러지고
다시 이 땅에 백설이
하염없이 덮히었다.

밀림의 북소리마냥
은은히 울려 퍼지는
자유의 십자성 아래
새에 굶주린
아낙네들이여

슬픈 미래의 야릇함을 속삭임을
붉은 허공에 날려라
그 옛 화려한 대지는
이제 추억을 되새길지니

허공에 붙은 불이여

허공을 삼킬 그대여

잠깐 미랠 속삭이소서.

1966년 공부하는 해

달리는 흰 구름 벗을 삼고서
힘차게 나가자 승리의 길로
배타적 이기주의 높이 솟고서
66년 6년은 피의 해
원한의 깃발 높이 들고서
참아라 눈앞에 다가올 날을
아 아 아 아! 기쁘다 환희
그날 위해 오늘도 내일도.

일심一心

눈보라 이 세상 달은 밝은데
영원한 그 맘 변하질 않네.
흰 벌판 백설 위에 묵념 드리고
초록빛 명왕성 꿈을 그리며
태양이 그리워 하도 그리워
누구를 불러 외쳐 그리나이까.

영英의 혼魂

부나비 잠자리에 밤은 가는데
파도는 고요히 산새는 자고
그다지도 춥던 날
달빛에 흠뻑 잠이 들었네.

삼경 지난 밤중에 누굴 찾아서
하이얀 눈 속을 분분히 지나
목메인 그 사연
강산은 우네.

창가에 봄바람 나부끼는데
날 낳길 기다리고
애타게 죽음 길
다시 못 올 길

오늘도 책상 앞 걸상 위에서
영원함 위하여
영과 위하여

용서를 비옵니다.

진실한 용서

창공에 샛바람

훨훨 거린데

그날까지 영원히

계옵신다면.

따사함이 내 가슴을

따사함이 내 가슴을
한없이 따사함이

이제 서로의 난이難易를 고민을
산산이 푸른 하늘로

창가에 머뭇대는 슬프디 영광을
너 모르는 나 또한 가보지 않은 넓음에

초원에서 맺은 인연이
허공을 박차고 용솟음치고

우린 부푼 영광의 날을
한없이 넓은 대지로 인도한다.

슬픔도 사랑도
한낱 추억으로

우리 가슴에 뼈 속에
동심을 그리며 추억에 잠기며

아! 여명에 선 외롭고
황량한 내 가슴에
따사함이여.

무한히 끝없는 인생에

무한히 끝없는 인생에
영광의 빛을
푸른 강토 위에 힘껏 날려라.

저 멀리 십자성 높이 오르고
거룩한 손길 아래 빛을 날려라.

강산은 다시 황홀한 제복 걸치고
백설 나부끼는 언덕 너머 대지에
꿈의 조각, 사랑의 회폴
마음껏 뜨겁고 차겁고
아름답고 추한 정성의
손을 힘껏 휘두른다.

그립던 부풀던 과거 미래를
영원히 끝없는 유열流悅의 곳에
우린 하나의 태양이요 우주이시다.

아! 산들풍 살랑대는 내 둘레도

무한히 끝없는 인생에

어느 부분에 영광의 무한한

봄이여,

너는 왔는가.

생의 핵核

슬픔이 결코 내 일생을 멍들게 하진 않으리
사랑이 언젠가 내 심장을 유혹하진 않으리
먼 지평선 아래 격렬한 말굽 소리여
다신 이 땅에 광명 없을 듯
보랏빛 꿈 없을 듯
서로의 육체를 갈기갈기 찢으며
원한의 쌍칼 인정 없는데
소나기 구름 아래 비둘기 한 마리가
구슬픈 공포 속에 피를 토하네.
이젠 대지 위에 장미꽃 못 피리.
노병老兵은 피 묻은 쌍칼
푸른 물결로
그 칼 원한 갚은 그 칼이
노병을 죽일 줄이야.
굶주린 독수리 시체를 찾고
먹이를 찾고 있고
그러나 바위틈에 산토끼 부스스
잠 깨어 넘나들 날은.

지옥의 여인상

명색이 대장부로 태어난 몸이
어찌하여 굴욕과 압박 밑에서
쓸쓸히 한 세상을 보내우리까
내게도 너와 같은 맥박이 뛰며
그 피 한 방울 바이 진하니
높고 높은 내 육신 아니 장하랴.

푸른 하늘 먼 하늘 우러러 보며
가만히 숨을 쉬며 침을 뱉으며
위인들의 자취를 생각하노니
내게도 강철 같은 의지가 있고
세상 일 손아래서 바이 높구려.

높이 솟은 상상봉아 내 벗이여!
높디높은 청운이 이루어지면
너와 같이 높이 솟아 마주 앉아서
온 세상 휘두르며 살아 가보세.

또다시 오월이여

푸른 대지가 몸을 세우고

끝없는 석양빛은 낭만만이네.

꿈으로 지새버린 꿈의 자취여

힘찬 추억에 미랠 부르노니

여기 또다시 오월이여!

인간이 인간으로 찾아버린

그 얼마나의 슬픈 노래여

우린 모두 모였노라

깃발을 들고

지옥처럼

천국처럼

다시 옛 꿈을

깨워라

여기 오월 앞에서.

생生

환희에 떠는 슬픔을
한 몸에 지니는 한限 있더라도
너 그 한恨스러운 꿈의 자취가
한결 부드럽고야
달리는 우리는 누구의 불러 헤치는
이 막막한 삶의 언저리에서
너는 누구의 몸매에
아리따운 넋을
떨고 있느냐
나는 아렸다
나는 가렸다
슬프고 애닯은 너의 꿈의 핵核 속을
한숨 드리우는 순정純情의 행로에
너는 나의 꿈을
나는 영원히 아렸다
그러나 우린 하나의 존재요
불사조 동경하고
뒤틀린 산맥도 너 앞에선

유유한 대양이 되고
나는 그 위에 서서 외로이 부르리라
영원한 삶의 노래를.

추억이라 이상봉

너는 누군가
어느 땅에 살고 있는가
몽롱한 꿈의 가난한 흐름이
어느 어디를 헤매고 있으련지
우린 언제나 찾고 너 또한
영광의 곳을
그러나 이제 고뇌의 정열이
가슴 속 속속이 머무랴마는
그래도 옛꿈의 가느다란 웃음이 있어
나는 오늘도 내일도
찬란한 미래의 과거사過去史가
한결 부드러워
우린 죽음 멀고파
우린 높은 산 바위 위에서
생의 찬란함과 슬픔을
힘껏 외쳐 보노라.
이 순간 영원을
기약하면서.

한양성

가버린 사람아
찾는 사람이여.

몽롱한 자취
가난한 대지에
오히려 너의 고영이 가소롭다.

근 몇 백을 풍림 속에서
조선의 왕업 길에
광풍狂風을 휘날렸으리라.

먼 옛 이어오고 받아온
너의 의무는
이제 하나의 진애
조선의 맥박인양
너의 자태는 온후하지는 못하리라.

찢긴 상처에 피마저 메마르니

너의 슬픈 호흡조차 험난하여라.
여기 군림하는 삼각의 자부에
너의 품위는 과연 위태로운가.

저주하는 물욕 속에 각축한
너의 시야는
창해보다 더하다.

변환의 굴레 속에 슬픈 노래여.
가엾은 기세가 흉리 속에 폭주하여
창맹의 구슬픔이여.

한강의 뜨거운 순정은 알련만
애무의 옛 모습은
오히려 처량하기만 하구나.

맹렬한 세월은 갈대를 타고

보라! 요원燎原을.

외쳐라! 영겁의 정을.

한강, 삼각.

부앙하는 너의 외침은

악마의 거동 속에 도취함인가.

우린 어느 날

널 못 잊어

백화百花 안고 찾아오리니

이 한 겨울 동안

대양처럼 온순하여라.

능能의 외마디

아니래두.

자꾸만 미련 없이 찾아온 것을

달래듯 맞잡고 가는 게 아냐.

핏속에 표류,

지열地熱의 광풍狂風,

봄바람 달려온 가냘픔 마냥.

예술은……

문학을……

천국을 멀고파

기도 올린데.

웃음 띄운데.

능能……!

살며시, 화신化身되시면.

고인故人

산 속도 적막에서 꿈을 꾸려는
여름이라 서글픈 인정 천리에
고요히 숨 쉬는 고목아래다.

그것도 그럴 것이 설명 못 할 그날을 잊었는지
구슬프라 매미는 해가 저물어도
망령을 살포시 안아 주는가.

그때도 찬란한 날도
영광을 한 몸에 발산하던
그날도 맴은 그렇게 울었으리라.

밤은 영원을 안고 고요히 감도는
도서관, 이름 하여 4·19
낮은 책상에서 피를 토하는
구슬픈 소리에 가슴을 일으켜
능은 눈을 감고 붓을 놓는다.

북풍이 부는 북녘의 소택에서

살결을 여미는 차가운 북풍이
창문을 조용히 두드립니다.
두드림에 눈을 뜨고 전나무 가지
새로 펼쳐진 먼 창공을 바라봅니다.
저기 저 곳 십자성 아래
그 많은 시인들이 잠자고 있는
저 곳에 샛별만이 반짝입니다.
두 눈에 흐르는 먼 옛의 꿈의 추억이
살포시 가슴에 스며듭니다.
손발의 피가 차가운 북녘으로 용솟음칠 순간
누군가 나의 옷깃을 잡습니다.
꿈에서나 만나는 북구의 노 시인이 아니겠습니까.
먼 훗날 참됨의 씨가 움틀 때 자기 집으로
찾아오라고 하지 않겠습니까.
북풍이 몰아치는 북녘의 소택에서
나는 그 늙은, 이미 넋이 된 그 분을
생각합니다.

오설 후광午雪後光

이름 하여 바퀴가 무악재를 넘는다.
두 시의 동광冬光은 윤활유 되고
뜨거움에 녹아드는 마가린인양
바퀴는 조용히 빛에 밀려 현저동으로
외아들 준동이를 둥실둥실 업고
무거운 듯 짐을 인 아낙네도
조용한 오후 햇살에 밀려
건널목을 지난다.

내가 있는 이 문명의
감옥소에는 서대문 형무소보다
더한 순간이 장식된다.

이러한 결정체는 여기저기
꿈틀거리노니 아무래도
무서움이 아른거린다.

그날 덕수궁에서

5월의 낭만을 노래한 나였건만
그날 죽음을 차마 말하지 말라고 한
나였기에
이 광경 1967,
이 겨울 보노니
쓰라림의 고독은 참을 길 없네.

백제야白除夜의 고향 꿈과 혁명

가버린 사람아

찾는 사람이여.

가난한 대지, 몽롱한 자취에서

하나의 허탈을 부르짖는 변환變幻의 그림자들이여.

소슬한 정신인 영혼을 고이 간직하는 저 대지 위에

그 누구의 아픔을 토吐하여 상처 내게 하였단 말인가.

간다. 그러나 정체는 없다.

차거운 이슬 풍風은 그런대로 멋이 있어

포도를 누비는 그 등불을 저주하진 않는다.

차라리 그 많은 형식의 탈을 벗고

위로 아래로 사라지고픈 그 마음이야.

누구도 사라진 자취를 한하지 않으며

맘을 나누는 그 정情도 차거웁기만 심하니

저 드높은 언덕 너머로

저 넓은 대지에 터를 잡아

전全 인류를 모다 나오게 하여

판가름을 하리라.

과연 어누구가

진실 된 삶을 영위코 있는가를.

’67이여 고이 잠드소서

머무름은 부풀어

기다림은 가엾어서라

다신 뜬 달

슬픔 머금고 외치나니

연인 저주하노니

여기 꽃다운 ’67이여 가엾어서라

너완 차원 있기에

굴곡 있다기에

푸른 대질 순환튼

그 때는

아! 혼령의 쓰라린 외침은 아직도

’67을 띄우는

너의 얼굴은

외냥 가엾어서라.

푸른 대지에 피를 토하라

두 눈에 흐르는 미련 없는 눈물이여
내 생애 인파 속에 몇 날을 헤고 보니
서로들 시선이
너 같은 부모 형제 그리움도 많은데
억압과 저주 속에 필 줄 모른 내 혼아
벽돌을 맞잡고 눈동자 달래듯
아, 쓰라림의 고동은 오늘도 여전함인데
동포여 북소린 그치어다오.

먼 산 중턱 부토 위에 비둘기 한 마리가
구슬픈 공포 속에 피를 토하네
이제 태양마저 아쉬움 허공에 날리고
상록수 가지마다 이슬마저 슬픔되고
이 순간 바닷물 되셔도 그날만은
나는 너의 발밑에서 옷깃을 적시며
영원을 기약했다오.

정든 땅 옛 사람도

하고 많은 내 알련만

달래어 파묻은 내 꿈에 슬픔만 남아

눈물이 피 되는 무지개 그 언젠가

맞잡고 울부짖은 우리 그 사람아

영원을 초탈코 달려온 언덕에

초원의 순정은 냉정하고나

갈림길에 고이 뿌린 대륙의 혼은

전하는 그 소식 봄바람마냥

그날은 있으리니 나의 그날은.

백설 속의 환상

부르고 싶은 가냘픔의 외퉁이에
시간은 녹는다.
영원 위한 심장의 호흡은
여전히 이슬 되는데
전나무 잎새마다 사뿐 앉은
꿈의 고향이여
—이 순간 '나폴레옹' 어떠할까?
부푼 대지의 숨소리가 끊길 줄 모르고
굴레 벗은 청마
백마화白馬化 하고
정적의 덩어리 언덕을 향한다.

덕수궁에서

봄빛 찬란한 5월 어느 토요일
눈을 씻고 단장하여 덕수궁을 찾았다.

건드리면 터질듯 말끔한 아가씨는
죽음은 차마 말하지 말아 주오.

—봄빛은 여전히 흐르는데—

나비같이 나풀대는 정원의 몸매는
하이네 시보다 더한 낭만이 솟네.

아, 차마 죽음은 말하지 말아 주오.
추억만은 더듬을지언정
개나리 동백화는
영원한 삶을 말하는 것이요,
차마 죽음은 말하지 말아 주오.

이대로 내일이 오고

또 다른 그날이
감상은 버터처럼 녹아드는데
차마 죽음은 말하지 말아 주오.
추억만은 더듬을지언정.

코스야나

황혼도 구슬픔도 서산 중턱에
코스야나 옛 꿈에 사로잡혀서
갈 길 몰라 그리움에 방황하던 밤
누굴 위한 한 가닥 멜로디 흐름은
코스야나 그것대로 순정이런가.

강산이 메마르는 그날은 언제
코스야나 눈물은 아직 남았고
삶을 향한 기나긴 여로 옆에서
부스스 몸을 떠는 아지랑이 숨소리가
코스야나 영혼 위한 뜨거움인가.

강가도 호숫가도 하고 많은 그날만은
코스야나 발 길 멀리 멀리 멀리서
울어라도 웃어라도 가버림 속에
코스야나 푸르름 이제는 어디.

동백화 상록화 봉숭화 사이로

코스야나 영혼만은 잊어지지 않으니
여기는 부토 위에 영원 멀리 위함이여
코스야나 영혼 위한 정열의 불빛이여.

이제 몇 개월만

그렇게도 휘달렸던 그 영상과
사무치던 그리움도
이제 이제는 가라고 하시지
그냥 있을 수.
눈물도 메마를
그 들창은 나에게
밀려오는 불붙은 광야.

그 옛을 찾던
그 언덕도 가고
황홀한 꿈도 가지런히.

넓은 대지를
숨 가쁘게 숨 가쁘게.

그러나 그것도 한낱
조각배 모양 가고 없고나.

너무나 벅찬 삶의 앎은
그것으로 충분하리니
이제 숨소리도 가다듬는
여기 외마디 촛불을 밝히자.

아我

생로병사

무 유

　　·

　　·

　　·

　석가모니

순간 영원 역사

링컨 나폴레옹 뉴턴 베토벤 칸트 레오나르도 다빈치 슈바이처

그리고 문학은

새날의 여명이여

고이 잠든 그 푸르른 소택은

무궁화를

셰익스피어 톨스토이 헤밍웨이 함순

괴테 삼도유기부 위고 임어당

조국의 드높은 태극기!

이광수 나빈 김만중 김동인 소월

여기 한국이 낳은

세계적인

문웅

소능!

동굴 속의 춘풍春風은 혁명가의 처

깊은 산속 어두운 동굴 옆에
병들고 저주받은 넋을 안고
낙엽 밟고 오던 날.

그래도 별을 보고 길을 만들고자
살며시 눈 감고 춘풍을 기다렸으니
차라리 불빛은 멀리하고파.

마음, 고뇌의 본산을 태평양에
흩뜨리고자, 밤마다 귀뚜라미 다려 울음 울리고.

갈 길도 오고픈 길도 백설 속에 파묻고
조각난 넋을 다시 모을 때
멀리서 새 한 마리 창공을 날다.

기다리던 춘풍 맞이하려고
뛰는 가슴 억제 못해 바위 위에 서니
저 산 멀리 눈 녹인 바람 이곳 오는데

그 바람 회오리 될까 봐 바위 붙드니

불개미 손 등 위로 올라오도다.

벗 영석

너와 나는 시가지 하수도의
검은 벌레는 될 수 없어.

뜨겁다 추웁다도 얼싸안는
드높은 언덕의 구름 위로
오르내려야지.

석의 가슴에 그 흰피톨 하나를
내가 먹으면
나는 또 다른 언덕의
버드나무 매미가 되고.

나와 너는 그러나 인간인 이상
나는 너의 표본 너는 나의
끝없이 제공하는 훌륭한 체험의 주도자.

능과 석은 떨어지면 한 송이 불꽃이 되지 않고
그러나 무서운 우정이 맴도는 대지에

너는 버드나무 그늘에서 고전을 보며
인류를 생각하고 매미 소리를 듣는다.

향리의 서녘

적선골 중턱에 송아지 울음 울고
봉우리 넘어가는 그리운 태양이여.
흰자갈 넓은 길은 그런대로 인자하고
구룡못 윈 가슴에
골짜기서 소풍 내려온 새끼가재가
지는 해 아쉬워하며 돌아서는데
어린 피라미들은 떼 지어 달린다.

석용 할멈 허리 펴며 인사를 받고
밤나무의 왕벌들이 앵앵거리는
여기가 내 고향 자운영 피고
끝없이 펼쳐진 버드나무 숲 위를
늙은 호올로 꿈을 날리며
저녁연기 안개 되어 넘나드노니
그리워 노래 불러
어린 염소 몰고서 달려오는데
향리의 서녘은 불그레하고
구룡못 너머 너머 기적소리는
오늘따라 낙랑시대 그리워지네.

소능은 가다

구룡못의 피라미도 힘없이 다닌다.

그렇게도 외치고 노래하였던 그 푸른 물도

그의 명복을 빌면서 말이 없다.

훗날의 노벨상을 미리 주라고 스톡홀름의

한림원에 편지질하던 그는 여기 잠들다.

너무나 다정다감한 20세기 말의

최대의 문웅인 그대여!

죽음과 삶의 휘몰아치는 갈림길에서

서슴지 않고 전자에게 복종한 소능은

조국 통일을 너무도 염원하였다.

"동포여! 우리의 의무는 크오.

우리는 우리의 후손을 위해 보다

큰일은 조국 통일뿐이오.

왜 우리는 강대국의 꼭두각시

노릇을 해야만 하오."

그는 언제나 조국을 생각하고

죽는 순간까지도

길가의 질경이며 산속의 할미꽃을 품에 품었다.

그대는 20세기 대표적 보헤미안!

그러나 찬연히 웃음 웃고 석류꽃을 만지며

고요히 눈을 감았으니

동포여 구슬픈 북소린 그치어 다오.

안개 낀 북녘의 소택과

구룡못는 그의 영원한 꿈의 고향.

아름다운 낭만의 노래는

인간의 생을 보람되게 하는

추진력을 가졌으니

우린 두 눈 감고

능이여 잘 계시옵소서.

구룡못의 추억

고향을 등진 능의 분노어린 심상을
조용히 달래주는 상상의 그 푸르름의 원천이여!
새벽마다 닭이 울고 기나긴 여름날
모깃불 연기가 밤하늘에 휘날릴 때도
달음박질로 들길을 휩싸고 있었으니
차분히 고개 숙여 반딧불을 그리는 능이여!
오늘도 어린 암소는 어린 염소 앞에서
자운영 꽃핀 그 들을 지날 것이니
어린 능의 가슴은 향리의 아지랑이 그리워라.
강한 바람도 소나기도 잠깐 머무는
그 낭만의 푸르름을 그리며
능은 나날이 꿈을 키우고
다시 만날 영광의 날을 위해
그 푸르름 위에 그동안의 불쾌함을 씻을 때까지
조용 조용 하자꾸나.

역경 속의 휴일

내 친척 끼리 안고 여울물도 건너자니
북녘의 소택에서 차거운 한풍이여.
검은 연기 서울 떠나 고향 찾는
불안한 그림자는
그 옛날 벗들과 남자 벗들과
때로는 여자 벗들과
그 몇을 보았느냐 사진도 찍고
공원도 찾고서
남해의 잔잔한 바다에
내 젊음은 무거운 철모 속에서
검게 흐른다여.
천리교회로 돌아 놀며
동생도 정하려던 그날은
섭의 누님 딸도
내가 왜 이리 다정다감할까
그들은 떠나는 나의 버스에 굿바이 하고
민족적 문웅 탄생의 진통도 알며
문학은 체험이러라.
진지한…….

대양大洋으로 공원 벤치를

소슬한 저녁 바람은 순간의 이방인을 탄생케 한다.

도도한 자를 한번만이라도 자극시킬 여유도 없이
일요일 밤은 우리를 하나의 잔디밭으로 보내고
그 여인 진통의 함성을 피해
서로의 얼굴을 마주 댈 고귀한 시간이여!

20년의 생을 벤치 위에 올려놓고 꿈꾸는 것을
날마다 이불을 개며, 창 앞 라일락에게 속삭이기도 했으리니
고달픔도 향리의 그 실개천 흐름으로 여기고
손은 굳어 남아의 가슴을 뛰놀게 하며.

하나를 잃어 찾지 않는 이 순간도 내일이라는
카나리아보다 더한 야릇함이 있어 안정되고
밤공기 안개 되는 비결도 알아 알아 알고서
나뭇잎보다 더 가벼운 벤치를 이용하여 고스란히 대양으로나
가.

어머님이 알려준 그 순진성, 아버님이 가르쳐 준
정복이란 카테고리의 불연속선을
망각한 채, 뜨거운 장부의 용심勇心을 자랑하고
조용히 눈 감아 찰나의 열반을 맛본
신기루의 저녁이여!

한발旱魃

고향 가노라니 모든 것 구룡못으로 향해 있었다.

넘실대던 푸르름이 잿빛 발하니
와룡산은 절망하여 꿈을 잃은 채
오리, 자작, 버드나문 해골이 되고
들길에 버려진 강아지 시체에 구더기마저 없는
폭양의 엄습.

물방아 만들어 노닐던 실개천 돌멩이엔
〈뜨거운〉 형용사만 여전한데
밤이면 반딧불이만이 유일한 낙樂이어라.

약 없어 죽는 자식
물 없어 타는 벼
어이 하나 다르랴.

눈물도
웃음도

....

감각마저 잃은 사람들

'오늘 밤 무엇으로 눈만 남은 어린 것 먹여 재우나.'

가련한 고향 절규

고막은 찢어지고

살벌한 곳

태양만이 산발하네.

사모아의 밤

사모아에 해가 지니
내~고달픈 넋은 황혼 아래서
먼 고향 그리는 한 마리 물새여라.

등댓불 없는 해변에
여인들의 노래 소리 사바를 떠나고
달빛은 소조蕭條하게 야자수에 비치네.

저 멀리 십자성 추억에 호흡은 막히고
정처 없는 이국 만리
인생이란 무엇인가.

또다시 작열의 내일은 오리요마는
흐르는 눈물 속에 영원을 그려보는
아, 사모아의 서글프고 꿈같은
사춘기의 편답遍踏이여.

공허한 직책

방황의 넋을 살포시
분홍빛 침대 위에 놓고
낙랑 시대 그리는
여명의 이슬이여.

그날의 야릇함이
내 동맥에 도도히
흐르면

우린 손잡고
영원을 포옹하는
한 마리의 불사조이어라.

정오의 정원 정경

먼 산에 무지개 아른거리는
잔디밭 금잔디에 두 아기 고양이가
오색 공 그냥 두고 난초 옆으로
잎 위의 무당벌레 붉은 모습에
네四 눈은 이슬같이 맑고도 맑고
여덟 발은 살금살금 간지러워라.

붉은 리본 고양이 무당벌레한테로 두 발 들다가
넘어져 잔디 위에 그냥 누워서
뒹굴며 일어나길 아예 모른 채
푸른 리본 아기 고양이 또 넘어져
두 아기 고양이 부둥켜안고
살며시 입을 대어 뽀뽀도 하죠.

따사한 태양이 내리쪼이는
등나무 아래의 푸른 잔디에
오색 공은 바람결에 흔들거리고
부둥킨 채 잠이 든 두 아기 고양이에

흰나비가 머리 위에 앉고 또 앉고
놀랐던 무당벌레 미소를 짓는
채송화가 춤을 추는 잔잔한 오후.

젊은 문학도의 지성과 반항

귀뚜라미 우닐고 샛별이 밝은
새벽의 언덕엔
그 누구도 볼 수 없는
정경이 펼쳐지고
밀려오는 호수의 물결 위에
가을의 낭만인 낙엽이 떠다니고
정처 없이 떠도는 낙엽에
새벽달의 간지러움이 서렸다.

호수에 이상의 돛을 달고
젊음의 노를 저어
새벽을 즐겨볼까.
그대는 젊음을, 그 고귀함을 아는가.
그리고 그리고가 머무는 다음 말은 문학이어라.

누구도 고요히 달래주는 가냘픔 없는
황량한 호수에 낙엽처럼 던져진
사나이의 운명을, 고뇌를

그대들은 아는가.

그대들은 가을을 저주하는가.

소월인가, 워즈워든가, 포우런가, 바이런이런가.

꿈결처럼 스쳐가는 언덕 위의 환영들.

가난한 젊음, 그러나 행복을 창조하였도다여.

내 손을 부여잡고

호숫가를 거닐 자 없는 새벽의 젊음.

내 마음에 참의 등불을 주고

고독을 같이 나눌 이 없으리.

그러나 사나이는 절망하지 않는다.

노력이란 두 음절, 다섯 단음은

사랑보다 고귀함이니

그대는 나에게 북이 되고 트럼펫이 되도다.

젊은 문학도의……,

젊음이기에, 문학도이기에
고민하여야 하며
싸워야 하노니
그대들 나를 잊어다오.

얼마나 저주의 손길을
악의 손길을 사나이의 가슴에로 뻗었던가.
그것이 진정한 사랑이요,
참된 애정이었던가.

부모의 반대에, 형제, 자매의 반대에
죽음으로써 끝을 낸 두 청춘 남녀가 있으니,
그들에게 반대한 그대들아,
그것이 참된 사랑이었느냐.

생각하라.
고민하라.
기성 문인도.

지식인도.

정치인도.

사업가도.

....

문학가란 미명을 쓰고도

그 자리를 비판하는 자들이여.

그대들, 그대들이 뭐냐?

그대들의 성공이 극도에

달하지 못한 증거가 아니냐?

수치로서 받으라.

그대들 노벨 문학상을 받았다면

그러한 말과 행동이 표현되겠느냐?

그대들아, 상투적인 말과 행동은 집어 치워라.

—문학가가 되지 말아라—

그 상투적인 말을 그대들은

함부로 말할 수가 있단 말인가.

이 젊은 지성이 노하는 비웃는 짓은 아예 마라라.

다른 분야의 그대들이여

그대들은 문학이란 “문” 자도 이해하고서
저주의 손길을 펴느냐?
가소로워라. 그대들이여.
눈만 뜨면 “돈” 과 싸워라.
그리고 끝내는 그것을 위하다 죽으십시오.

그대들 모두의 모습은, 위선자의 모습은
이 언덕, 샛별이 밝은 새벽엔 필요 없어라.
잔잔한 호수의 달빛 스며드는 평화지대엔
그대들이 조금도 필요 없나니,
반항과 저항의 사나이가 그대들을 경멸하노라.

진정한 사람의 얼굴을,
참됨을 아는 지성인을 찾아야 한다.

좀 더 좀 더
다작
다상량

다독만이 젊은 문학도를 위하노라.

훗날에 지성의 계단에 오르면,
외국어가 능통하여 원서도 읽고.
누에에서 실이 나오듯 참된 지성인이요,
문웅이 된 사나이의 몸에 대작大作이 흐르리라.
기뻐하리라.

호수는 잔잔, 귀뚤이 울고 낙엽은 떠난다.
자연과 인간, 만물에 공통인수를 최대공약수를 찾아라.
그리고 외쳐라.

샛별이 더욱 빛난다.
젊음의 고뇌여.
방황이여.

위선은 물러가라.

그대들은 싫어라.

독불장군 격格이 사나이엔 필요하리니.

플라토닉 러브, 에로스를 구하러 사나이는 방황하였다.

그리고 방황하는 중이로다.

승리 추후 긴장하라.

다른 분야에 적을 둔 자도

문학을 연구한다는데

하물며 문학에 적을 둔 자가

전全분야에 능하지 못하면

그 누구가 후세에 문웅이라 하리까.

시

소설

희곡

시나리오

수필

시조

동화

동요

그리고 평론을.

우리나라

무궁화

백두산

압록강

국문학이 중요하오.

그대는 우리나라를 사랑하는가.

첫닭 우는 새벽이다.

낙엽은 떠다닌다.

호수의 물결은 무엇을 생각할까.

그녀에겐 정말로 생명이 없을까?

무생명이 생명인가, 생명이 무생명인가?

외쳐라, 사나이여.

문학하는 그대여.

젊음의 그대여.

한국의 앞날을 생각하라.

통일을 생각하라, 그대여.

호수에, 강산에, 우리나라에 평화를.

머잖아 꿈은 앞길을 재촉하리라.

노력하라. 그러하면 방황하리라. 유혹도 당하리라.

그러나 이성을 잃지 말자.

그 다음엔 승리하리라.

호수에 샛별이 사라진

달빛이 사라진

아침이 되면

그대에겐 영광의 월계관이 날아오리라.

추석

야자수 저 멀리 월남 땅
우리 국군들도
철교 밑 가난한 사람들도
이 날만은 조용히 쉬고 웃어라.

거리거리 가로등이 불나비와
이별의 슬픔을 지닌 가을의 밤.
우린 따사한 신라의 정을
맛보는 날을 가졌도다.

또 다시 태양이 솟고 끝없는 인간사人間史의
일면에서 추억을 그려보고,
미래를 꿈꾸는 명절을 가졌으니,
비록 가진 것 없어도 마음만은 흡족하여 웃노라.
모두들 즐거이 활보할 때면
이 몸 기쁨의 눈물 흘리고
인생이란 명제의 종결도 생각노라.

추억의 그날은 가고 여명의 새날은 오고

아카시아 꽃잎이 바람에 휘날리어
요염한 향기 벌써 사라진 언덕에서
장미의 그날을 꿈꾸던 날
창공에 빈 배만 떼를 지어 떠다니고
정답게 노래할 이 없는 외로움에
맑은 물 보고서 감상의 깃을 내리던 산골의 적막.

모두들 모여 얼굴에 화장하여
연극을 하면 은하수의 몇몇이
미소를 띠어주고

어느 눈 오는 정오
청년들을 따라 토끼 사냥 간 때
울면서 따라다닌 그때
먼 신라 시대를 회고하며
사슴 나라를 생각하면서.

정오의 라디오 노래 소리에 버드나무 숲의

유지매미가 흥을 돋우던 날에
발가벗고 물속에 꿈을 꾸었고
작렬하는 태양에 감사드리던
산골의 여름.
어머니,
언제 부엉이 소리 그칠까요?
시간은 황폐한 들을 무정하게만 지나가나요?
달빛은 추억에 K.O.승하고
미래에 판정패 하나요?
외삼촌은 지금쯤 북녘 땅에 계실까요?
어머니 닭이 웁니다.

젖가슴에 눈물을 씻고
젖가슴에 웃음을 빨아내고

모깃불 피는 저녁
엄마 품에서
별빛을 쳐다보노라면
어느 영화의 불행했던 여인이 떠오르고

실루엣 되어 떠오르고.
왼손에 책을 들고
소 먹이러가는 행렬에
쇠파리는 필사적으로 날아들고
그 놈도 살기 위해 살기 위해
행렬을 따라가야 했다.

산정山亭과 대밭에서 하모니카와
피리 소리 들려오면
그냥 잠들 수 없어
호흡이 막히어
거울보고 끝없이 괴로워해야 했고
낭만을 낳아준 물레방아가 사라지던 날
하루 종일 딱지와 못을 치며
그 마당에서 놀았다.
사계의 변환에 마음 동요되면
산골짝을 찾아 침묵의 바위에 주먹질하고
여명이라는 아침 태양보다 더 아름다운 날을 그리며

진달래의 그 소녀에게

사랑과 슬픔도 심어야 했다.

젊은 날의 시련

참으로 참으로 용기 있다면
주사위는 생활은 원하지 않으나
사회생활 현대란 그래선 아니
궁극적인 경지엔 형식들이나
나 홀로 고고하게 살기 외로워
오늘도 초조하게
내 운명 굴린 주사위

죽음이 희망이 온갖 것들이
다른 날 일 년분이 오늘 하루에
내 방을 모조리 점령을 하네.

고향의 부모님도 날 위하는 형님도
모두들 말없이 이 밤 지새워
오늘따라 제야가 가까워지네.
라디오의 코미디언 웃음소리도
어디선가 구슬픔의 절규소리로

젊은 날의 시련이라 하늘 보지만
몇 번의 패배자 가슴 조이어
구르는 가랑잎 추억 낭만, 낭만도
나에겐 깨지는 술병 소리로.

고향 앞산 누님
진달래 무덤의 내 누님이여.
20세 이 동생
현대판 남이 장군 될 수 있는지
동해 바다 낙산사 일출 시각도
황해의 일몰로 착각됩니다.
참으로 용기 참으로 있다면
초탈의 깃발 높이 들련만
사회란 형식도 중요하다고
우주의 모순, 위대한 모순이 존재하는 한
형식도 형식도 중요하다고.
그래서 웃음으로 세월을, 허허한 웃음을
허허한 웃음을 허허한 웃음을 허허허한

웃음을, 하 하 하 하　하 하 하 하　하 하 하 하　하 하 하 하
하 하 하 하　하 하 하 하　하 하 하 하　하 하 하 하
하 하 하 하　하 하 하 하　하 하 하 하　하 하 하 하
하 하 하 하　하 하 하 하　하 하 하 하　하 하 하 하
하　하　하　하
하　하　하　하
하　하　하　하
하　하　하　하
하　　하　　하　　하
하　　　하　　　하　　　하
하

귀향

찬란하던 새벽 꿈 분산돼
갈매기 노리갯감 되고
머릿속 싸인 절망
씻을 물 없고나.

물새의 분비물
익사한 인간 시체
혼합된 물만이 있을 뿐
맑디맑은 샘물
영원히 없고.......

꿈과 현실, 부딪치는 강음强音에
사나이 울부짖고
시름없이 흩날리는 담배연기와
저녁안개 접순하는
귀향의 풍경.

갓난애 안은 병든 부인

수평선 그리며 그리며
기대 없는 귀항이여, 허망함이여!
아, 싸늘한 갈바람
낙엽 향기 묻어주는 황혼녘
내일의 꿈,
모으려고 말없이 손짓하는
사나이여, 귀항이여!

어느 토요일

향리의 여인이 가고
들녘에 외로운 정령이 남아
초연히 빛나던 그 넋은
한 줄기 코웃음화되다.

둔탁한 벽시계 초조를 안아주면
말없이 구름 아래 쓰러지노라.

—그것도 투쟁, 빛나는 훈장되리라—

발걸음 사모아 그리며 찾아드는 게
단 하나 분뇨 향기였던가.
벗들은 코스모폴리타니스트를 비웃고
버스는 말처럼 날뛰며 달리니
그곳이 고향 향기 묻어주는 곳.
완전한 도핀 너와 날 외딴 곳으로
인도하는 떨쳐야 하는 고뇌의 숲속.
개구리가 찾아드는 숲속 —다방—

하날 위한 빛나는 행군 —체험—

아, 어느 토요일, 나에게 너에게

끝없는 피안의 세곈양

그리운 노래 없는 한적한 곳.

기적汽笛의 고향 사라져

나래를 파닥이며 정혼定昏을 떨친
흰 학의 목소리 향기 찾아
강변의 사조死鳥인양 이 몸 갈대되다.

푸르른 정경에 낙랑을 애무하는 여기
세기의 구슬픔이 도사렸도다.

누굴 위해 부조리를
반항을 통곡 화했는가.

기계를 벗 삼는 우리 세대에
흰 연기 흰 학은
이상 세곈가.

아, 고향을 그리는
하나의 후조는
강변의 자취에
방향을 잃고

고요히 눈 감네

몸 둘 곳 몰라

여럿 날 울음이

메아리 일고

소슬한 황혼녘

비만 내린다.

개구리의 합창

정적의 소굴에 우주는 가고
들녘의 이른 코스모슨
사뿐히 치맛자락 휘날리는 밤.

나룻배 멸시하는 이 순간을
웃음 보내며
원을 그린다.
몇몇의 역전 등이
어젯밤 빗소리에
귀가 먹었고
레일 위 초점은
지칠 줄 모르네.

편력의 생활이 우릴 부르면
조용히 깃을 접어
하차한다.

등잔불 아래

가난한 장미는 '불가능'을 삼켜야 하나.

우수의 감방엔 종일토록 달빛 그리워.

포말의 여운 찾아 여울진 추억 속에
매몰된 장민 한가한 고향산얄
꿈속마냥 소일한다.
그토록 이상의 푸른 것을
먼 구룡못에 펼치던
젊음의 편답이
오늘은 탕아로서 통하여야 하는가.

곡식 찾는 생쥐가
낯을 붉힐 때
우주의 신비는 더욱 신비롭고
낭만의 등잔불이
추억 화된 그날을 위해
만끽의 밤
취중의 밤을 대화의 광장화 하자.

어두운 밤길을 걸으며

그토록 해후여,
눈시울 방울마다
시절의 그리움이.

문명화된........

발걸음 멈추고
창공을 열어보는
별 이야기
동화 속에 걷고파.

탕아로 전락한
정신이란 항아리를
격파시켜야지.
용감을 최신 무기로써
시켜야지.

은하의 무리가

허리 멍한 뇌 속을 유혹하면
다시 한 번 반딧불이와 합창하고
두 손으로 훌훌 옷 털고
나의 길을 그려보는
어둠이 깔린 어느 길에서
일출의 영광을 그려본다.

탁상시계

똑 똑?

짹 짹 짹 짹.......

수많은 갈래의 역사를

세월을, 망치질하여

창조하고.

심야의 고독을

먼~

그것도 아주 먼~

사모아로 보내어

현기증날 되풀이의 순간을

더는 참지 못하리.

아픔이 승화돼

새 운명 만들듯

탁상시곈

순간의 망치질로

영원을 추구하는 불사조다.

똑

똑?

짹 짹 짹 짹…….

하루

1

움츠린 망각,

허허 벌판 부유하노라면

어디선가 선잠 깬

피 묻은 마귀들 진통의 노래-ㄹ 불러

잿빛 언덕 우울함 감득한 망각은

어느 새 지친 몸으로

희망이 명멸하는 바다로 향하고

마귀-ㄴ 또 한 번 통곡한다.

의미 없는 밤들만 붙들고

아픈 포옹을 한 망각은

출렁이는 바다의 유혹에 휩쓸려

나체로 변하고

실루엣 되는 바다의 음향 속에

마귀-ㄴ 파묻히고 만다.

나체, 무,

그것들 형상形相만 포말 되어 있을 뿐
무엇 하나 뚜렷한 아픔 없이
바다-ㄴ 서서히 눈을 뜬다.

2

공작의 털빛보다 찬란한 의상 걸친 채
대양은 포효하고
이상만이 터덕터덕
힘없이 다닌다.
여울진 상처의 계곡마다에
〈動〉이 준 땀방울만 가득하여
그런대로 생활은 하늘을 보는
여유마저 잃는다.

퇴음한 산울림이
대양의 노도에 질겁하여
도주의 방울 울릴 때

또 한 번 지속되는
생활의 엘레지가

대양과 접순됨을 본다.

3

피로는 또 다른 권태-ㄹ 부화하고
바다-ㄴ 경멸의 소매-ㄹ 나부끼면
찬란하던 들녘의 새소리가
어찌도 웃음 아닌 울음이던가?

귀향의 가냘픔이 뼈 속에 진동되어
허둥대는 태고의 숨소리와 교합된 채
다시 또 몸부림의 알을 까면
나체였던 망각은 허술한 의관 지배하고
유화有化한 마귀와
어둠을 찬양하는

노래-ㄹ 부르며

생활의 언덕을 향한다.

과도기

사라진 포성
황량한 벌.

여기 젊은 혼돈이 너절하고
어둠이 차가운 별을 토한다.

뿌연 먼지 새로
쓰러진 양심 안고
순수-ㄴ 절규하며
이끼 낀 윤리-ㄴ 아직 존재하고 있다.

명멸하는 망각의 유혹에
낡은 예지 파편 바탕으로
무성한 불안은 잡초 이루어
물기 어린 대기마저
역사에 파묻히고
흰피톨 또한 고르지 못해
분노의 기치 몸부림치면

질식의 끄나풀만 산재한 채
벌엔 어둠이 서성거린다.

여명은 앞마당에 왔다.
그러나 멀리서 나태는 피로를 업어
분산된 머리의 불순물 먹고 갈
프로메테우스의 독수리는 없는가?

아, 부푼 침묵만 줄 깃발 이루고
동토의 해빙 그리워,
바다의 태양 그리워,
못내 순수-ㄴ 방황하고 있다.

- 1969. 12.

공원에

창포 잎 소생하는 연못
내 청춘, 소멸하는 의지-ㄹ 가누지 못한 채
퇴색된 순수의 애잔에 취해 바라보면
어디선가 고독한 현대의 절규가
작살된 여체에 흡수되고
아, 가꿀 수 없는 분별의 가냘픔이여!

너는 나에게 홍수처럼 의미-ㄹ 부여해도
아랑곳없는 빈 벌의 백설로 착각하는 이 서러움.
가자, 라일락 향내 사라진 진부원陳腐園으로
거긴 생의 불가사의가 복사꽃처럼 활짝이어도
망각을 만끽하며 고독에 취하리라.

그러다, 힘줄의 끈질김이 지진의 위력에 눌리면
스스로 창공을 향하리.
고요를 안겨주는 고향도
흔들려 무너지는 나이팅게일 음향에도
가련한 여인의 의상만 너절하고

나는 또 한 번 외치리.

그리고 쓰러지리.

먼 날의 여명을

눈여겨 볼 수 없는 슬픔에서.

과도기

동공이 어둠 빠노라면
3S 상여는 가고
분별없는 뇌리엔 한 다발 폭양 담긴다.

아스라한 순수 마셔보고파
출항할 천녀天女 가슴 애무하면은
가차 없는 심저心底엔 헝클어진 양심
살얼음 부여안고 자결하며 침강한다.
주접떠는 선의善意 고독의 어머니 되어
앙골라 붉은 눈에 흡수되면
실오라기만도 못한 폐부에
썩은 돼지피 토하리.

아, 태동이 안겨준 간헐적인 구토 후
철책을 씹어 뿜겠고
여단수족如斷手足 호올로 의상 떨치고
작살된 여체 선사하리다.

그러나 여기 한 겹 피어오른
젊음의 "다양화" 곁에
상여를, 3S 세대ㄹ 불사르고
스스로 단정端正하여
거울 앞에 서리라.

보리가 패면 가세요

보리가 패면 가세요.

사름 같은 당신 보리가 패면 가세요.

첫닭이 홰를 치는 이른 새벽에

모시 헝겊에 쑥떡 들고

숲 질러 이슬 밟아 달려온 옥순은

읍내 기차 소리를 가장 싫어하고

자운영 들길에 일출이 오기 전에

시간 없는 고향 떠나 올 적에

보리가 패면 가시라고.

활시위 석지영감

하현달의 무짠이누님도

북망산천 아들 생각 잠 못 이루고

콩케이영감 죽은 개 한 마리

내에서 주워와 신이 나서

뼈 바르는 그 칼질 소리에

오늘도 하루해가 저뭅니다.

그리운 당신이여,

보리가 패면 가세요.

부탁입니다.

만약 당신이 밤새 가신다면

내일은 고통도 같이 눈 뜨겠지요.

"보리가 패면 그대를 잊기 쉬워,

나도 젊은이이기에"

보리가 패기 전에,

보리가 패기 전에,

나의 서부,

그리운 곳으로

나는 마냥 가야만 했답니다.

일요 여정旅情

봄이 무너지는 어느 일요
치유치 못한 육영肉靈 안고
문명의 감옥에 오르다.

어느 길옆엔 이제 싹튼
어린 코스모스가 영원을 머금고
저항에 움츠린 젊음은
우수만을 포옹하다.

너를 향한 이 가냘픈 순정이
한낱 감상感傷 되어도
눈망울엔 이슬을 멀리 하고

아, 솔잎에 묻은 딸기
향내에 내 행각 흐느끼누나.

누군가 불러주는 해저의 숨결에도
우주의 에메랄드 악취 머금어

우물에 비친 한 올의 결백에

자학을 저주하고

잔디를 씹는다.

제 2 부

가을

가을엔 바람이 많이 분다.

여기저기서 나뭇잎이 나무에서

떨어지지 않으려고 몸부림친다.

몸부림치다 온 몸이 붉게 되었다.

그렇게 아침나절 분 바람은 멀리 산 너머 바다로 향하고

한참을 기다린 해님은 더욱 세차게 햇살을 보낸다.

고추나무, 고추잠자리, 고추매미는

붉게 익어 웃고 있는 석류나무 아래서

끝없는 파란하늘을 쳐다보다 눈을 감는다.

가을

가을.

사람들은 무심코 그렇게 부른다.

찬란했던 이파리가 기약 없이 떨어지니

'가' 련하고 '가' 난해서 인지

소슬바람 불고 추수가 끝난 무렵

'을' 씨년스러워서인지

그렇게 그렇게 불리워진 이유도 궁금하고
입추다 뭐다 하여 계절의 구분 아래
찾아오는 되풀이의 신기한 시점은 더더욱.

지난 해 6월의 그 열기 속에
출렁인 붉은 물결처럼 거리와 산은
온통 열정의 붉은 피를 토해내고 있구나.

나도 변성기.
이 가을처럼 성장을 위한 과정이라 느낄 때
전에는 느껴보지 못한
내일의 기대와 책임을 생각하니
가을바람 한 뭉치가
나를 휘감아 돌고 있구나.

고향아, 그리움으로 남지 마라1

와룡산 참꽃 구룡사에 흩뿌려 굿처럼 춤추던 어느 봄날
어리 속 한 마리 수평아리 용케도 탈출하여 당병소를 건너고 있었습니다.

메리와 뒤쫓던 아이 입가엔 봄볕이 지렁이처럼 반짝거렸고
배추장다리꽃 병아리 종종걸음 병둔 보리밭 지나
방지포구로 내달리고 있었습니다.

어디선가 보리피리 소리가 한 잎 두 잎 영롱하게 떨어지고 있었습니다.

왕매미 소리만큼 불잉걸 된 폭양이 아쉬운 듯 떠밀려나고
가을이 석류인양 농익어 쩍 벌어져 그 자리를 채웠습니다.

광포만 갯벌 머드팩 된 셋은
한가득 함박웃음 띠며 싸리문을 들어서고 있었는가.

벽오동 자라듯 우람한 장닭 새벽마다 불규칙 홰를 쳐

석양간 씨싸이할배 선잠에다 제사 시간 우롱하고
날갯짓 장풍長風되니 댓잎에서 곤히 겨울잠 자던 흰 눈마저 놀라
낙하하였답니다.

떫디떫은 고욤 향기에 비틀거리던 은어는
언제부터 은하수 되었는가?

어머니
당신은 어찌 나의 일상이 되지 못한 채
점점 멀어지려합니까?

당신의 희미한 젖비린내만 간신히 부여안고
진정 이 혹독한 겨울을 홀로 보내야 하는지요.

망향의 잔영마저 꿈결 꿈결 가물거리며 흘러가는데
빛나던 청춘도 산제비나비로 훨훨훨 날아가는데.

고향아, 그리움으로 남지 마라2

꽃 봐라, 꽃 봐라 !

다무시를 달고 다니던 맹랑한 아이가
와룡산 참꽃 꺾어 순이네 앞마당에 흩뿌려 놓은 어느 봄날
어리 속 병아리 한 마리가 탈출하여 당병소를 건너고
있었습니다.

독구와 같이 뒤쫓던 아이의 입가엔 봄볕이 반짝거렸고
노란 병아리는 어느새 병둔 보리밭을 지나 방지포구로
내달리고 있었습니다.

어디선가 보리피리 소리가 한 잎 두 잎 떨어지고.......

광포만 갯벌에서 머드팩 마친 셋은
올 때는 한가득 함박웃음을 띠며 싸리문을 들어서고 있었습니
다.

어느 큰물 진 구룡못 물위에 떠오른 독구는

재 너머 나무꾼의 바지기 작대기에 희생되었다는 소문만 무성한 채
그렇게 무더위가 2012처럼 아쉬운 듯 떠밀려나고
가을이 석류처럼 농익어 쩍 벌어졌습니다.

세월 속에 병아리는 장닭 되어 새벽마다 불규칙 홰를 쳐
제사 시간 우롱하기도 하고
대밭 위에서 곤히 겨울잠 자던 흰 눈을
마침내 낙하시켰습니다.

어머니
당신은 어찌 나의 일상이 되지 못한 채
점점 멀어지려합니까?

당신의 회억만 간신히 부여안은 이 부덕한 몸은
진정 이 혹독한 겨울을 홀로 보내야 하는지요.

당신의 잔영마저 꿈결처럼 흩어지고
어느새 진눈개비가 흩날립니다.

괴테와 함께한 어느 한철

메피가 함린의 동정을 앗아간
다음 날이 되는 셈이다.
함린咸隣에게 이상한 반응이 일어났다.
드렁허리 한 쌍이 좌우골에 뿌리 내려
화석화된 수채水蠆처럼
움직일 수도 노래할 수도 없었다.

동편,
능화陵花에서 보름 상아嫦娥가
왕욱王郁의 큰 사랑처럼 뜰 때면
서녘,
쑥수걸레 자궁 같은 대나무 숲을
멍하니 바라보기 일쑤였다.
그러한 하고많은 세월 속에서도
또다시 앵혈의 누님은
첫사랑 되어 진홍빛 되어
오버암머가우Oberammergau 촌村인
향리로만 가고 있었다.

함린 있기 2년 하고도 봄 한철 전
디프테리아에 목이 걸려
가물처럼 말라 타버린 다섯 세월의 마지막 날
애매미가 그렇게 울어
그 소리 가을 고추 속에 꽂혀 박혀 눈이 따가워.......
개꽃이 한창인 사위를 떠돌며
그 빛,
구룡못의 황혼과 합해져
그 여름의 뙤약볕은
거섶 부근에 떼 지어
능구렁이와 교접하는
지네만 포복하게 하였고.
산 중턱,
비탈진 황토 저승나무 옆에서
누님이 회억처럼 다시 피어나
그를 반겼을 때
산 너머 읍내에서 들려온
정오의 오포 소리는

저녁연기 같은 봄비만 재촉하고 있었다.

그 때였다.

포플러 숲 뒤에 우뚝 솟은 껍질의 왕이요,

황금나무인 굴참나무 꼭대기에서

부들부들 떨고 있던 파우스트가

열두 밭 꼰이 새겨진

너럭바위 위로 투신하였다.

스토의 기습이었나.

어쩌면 함린이 밀쳤는지 모른다.

봄비가 뜸베질하였는지 모른다.

아니면 물박달나무가 철가면 되어 저질렀는지도.......

연분홍 꽃잎에 물든 시신

그이 혼자 산역꾼이 되어

사름누님 곁에 봉안하였다.

긴 한숨, 칼클케

맹감나무 연한 잎에 손을 문지르며

새벽 는개 사이로

립 밴 윙클Lip Van Winkle을 꾸었다.

도화원기도 꾸었다.

몽환의 자식이 된 몸뚱어리는

어느 것도 남김없이 잊고 삼키는

소남풍이 되어

태양의 마지막 작열을 생각할 겨를도 없이

치자꽃 진한 향기만 남긴 채

석신골로 방지포구로

내달리고 있었다.

교육 결혼

언제였던가.
미영베 반 필의 끝자락을 붙들고
흩어지는 오필녀의 속살 향기를 붙잡고
당인리의 갈대밭에서
구룡사에서
동래장에서
충무해저터널에서
마지막 눈물의 축배를 삼키던 날이.
아, 언제였던가.
절름발이 아내의 굉음에 흩날려
하염없이 중동中洞의 사막을
배회하던 날이.
과연 언제였던가.
나를 죽이는 바이러스가
내 몸 그윽한 곳에서 안락하고
최선과 최악이 동격이며
윤리마저 절해 고도의 모자母子에게
난파될 수 있다는 그 사실을 터득한 날은

문마퇴치문文魔退治文을 읊조리며
감수성의 애순을 간단없이 자르며
석류알에 가을이 박히는 소리를 멀리하고
가을 열매에서 봄꽃을 회상하고
토질을 나무라지 않고, 굽은 나뭇가지만 원망하는
내 착하디 착한 이웃을 그리워하며
어느덧 각시붓꽃 한 포기와
만첩홍도 한 송이가 대지를 꽃 피우는
황진이의 동짓날 긴긴 밤이여!
내가 낳은 앙포르메를 한없이 위무하며
관능의 다발 속에 흔쾌히 젖어
디포르메에 취해 그리고 시들어
찬바람만 남기고 떠나던 시월
그렇게도 수탉은 늦가을 하오
네 평 남짓 볕만 쪼아대고 있었던가.
갈구가 살무사되어
만추의 대가리를 쳐들었을 때
오늘따라 엽영은
초설만 기다리고 있었다.

구룡역에서

노름에 미쳐서 가진 전답 거진 거들내고, 몇날 며칠 식음 전폐 몰초만 자욱하게 피워대던, 몰골이 말이 아닌 홀아버지가 그래도 좀이 쑤시는지, 어느 새벽 사립문 사리 살짝 열고 빈손으로 털레털레 징검다리 건너는데, 아들내외 달려와 마지막 전답 팔아 마련한 지전 한 뭉치 정성껏 건네주었것다. 이 무슨 천하변괴ㄴ고. 허허 괘념치 말고 맘껏 즐기다 오라고까지. 이것들이 실성을 해도 유만 부득이지. 에헴. 몇 발자국 갔을까, 서쪽 뿌연 하늘에서 혼불 같은 유성이 떨어진 순간, 마틴 루터가 벼락에 옆 친구를 잃고 죽음의 공포를 알게 된 순간같이, 불각시리 닭똥 같은 코눈물 쏟으며, 서리 내린 돌팍 위에 털썩 주저앉아 한참을 마을 향해, 울다가 웃다가, 마치 실성한 꺼꾸리 누나처럼. 힘껏 코 풀어, 포플러 거친 껍데기에다 쓱싹 문지르고, 어금니 앙다물고 눈에 힘발 가득 주더니, 그 눈초리 노름방 쪽을 향해 쏘아붙이더니, 그동안 길고 긴 악연을 끝내려 굵은 가래침을 긁어 뽑아 홱 던지고, 마침내 긴 호흡 가다듬어, 발걸음 되돌린 몇 년 후, 고래등 같은 집을 이루었나니, 이름하여 근남골에서 제일가는 부자요, 효자 효부 네라 칭송이 자자했으렷다.

그날 우리는 비 내리는 함양을 떠돌며, 효자로 소문난 일두 정여

창 고택에서 일박하였는데, 그때 갑자기 내 고향 구룡 이 씨 문중을 깊이 생각하게 되었다.
장마가 거의 그친 다음날 정오, 호랑이가 장가가는가. 햇빛은 토실토실 황토 같이 붉고, 이연네 단감나무 아래 씨알 굵은 지렁이 하얀 흔적같이 눈부시고, 바람산 낙락장송 물오른 가지 꺾어 길가 고랑에 닿자마자 퍼져가는 오색 물결. 장골 쌍무지개는 또 어떻고. 앞내는 수만 마리 황소 떼가, 늑대와 함께 춤 같은 버펄로 떼가 되어, 우러렁 쾅쾅 솟구치고, 지랄염병을 떨고, 하여 밤마다 꿈마다 구룡못이 정월 대보름 달집 터인 쌍자네 논까지 범람하여 내 고샅까지 차올라 몽정을 유도하더니.
천년 묵은 가천 늪에 짓이겨져 아무렇게나 떠 있던 능구렁이, 똥구멍에 빨려 들어가 짝불이를 저승 보낸 무자치, 퉁퉁 부어 일렁절렁 버즘나무 줄기로 변한 비단개구리 붉은 사체, 대롱대롱 공당꽁당 머리 둘 달린 남생이 새끼가 물방개에 쫓기던 감나무지, 배불뚝이 붕어들과 하얀 콧물 덩어리 실뱀장어들이 이리 저리 춤추던 물레방아 뒤 기나긴 뻘밭.
구룡산 아래 구룡마을도 폐수 천에 찌그러진 '설레임' 팩이 '설렘' 이 되는 날을 고대하고 있을 건가. 대한민국 문법文法 만세.

물고기란 물고기는 솔빵 씨를 말리는 때죽나무가 줄을 잇고 서 있는 상림 연밭 우렁이 천지삐깔. 병마용갱. 파우스트와 메피스토펠레스같이, 오월동주같이, '너'와 '나'의 공존법.
큰물 진 구룡못에 떠 있던 독구. 읍내 나무꾼의 발채작대기에 다리가 절단 난 채 버려졌으니. 일제강점기, 혹은 미 군정기, 충청도 어느 들판에서 농부를 연습용 표적으로 삼은 거와 같이. 빗속에 불쑥 나타난 하얀 메리, 소나기를 타고 떨어지던 마당의 미꾸라지처럼. 비를 그토록 반기다니. 무슨 곡절도 이만저만한 게 아닌 성 싶다. 살결이 훤히 부끄러움도 마다않고, 찰거머리처럼 온갖 구박도 오히려 반기는 양, 요소요소에 나타나더니, 우리는 떠나고 모두 2차 유기범이 되겠구나. 단풍처럼 한가득 오빠언니들의 타이탄을 따라, 진홍색 단풍을 따라 피라칸사Pyracantha 몇 송이를 머금고, 땅에 연방 닿아 떨어지고 있는 사과를 동무 삼아 오늘도 용추 폭포로 달리고 있는가.
'알맹이들의 과잉에 못 이겨 방긋 벌어진' 나의 폴paul이여! 가을이 석류 알에 박히는 소리를 들으며, 탈곡기에 튀는 벼 낟알이 석류 알에 반사되는 광경을 본 사람은 말하리라. 지금도 그날처럼 감동이 사시나무 잎이 되어, 현사시나무 잎 되어 하염없이 떨고 있음을!

어제의 함양은 3개월 불타고, 오늘의 시안에 즐비하게 늘어앉아 석류 팔던 아낙들. 이제나 저제나 땅거미도 짙은 먼지 속에서 기침하고, 지금쯤 흑묘백묘에 으리으리했을 텐데, 함양 상림의 늙은 아침은 어쩔 텐가. 썩은 석류에 자본주의 늙은 망령이 빗줄기 되어 검게 흐르고 있으니.

화림계곡 끝자락, 거연정 저 멀리, 한쪽 가지가 찢어진 금강송 한 그루, 잠원동 최진실의 아파트처럼. 나는 문득 반짝거리는 슬픈 햇빛을 느끼며 불현듯 첫사랑을 더듬어 본다. 잘 간직했던 첫사랑마저 점점 몽롱하게 야위워가는 것을 느끼면서.

아, 생각의 저편에서 오들오들 떨며 이편으로 오고 싶어 하는 반딧불이가 짙은 대숲을 떠다니는 젊은 날의 반딧불이를 못내 부러워하며, 동시에 카인의 후예에다 하루 절반 금고 문 여닫는, 어느 욕심 많고 투정 심한 과객過客을 미워하기에 이른다. '비에 젖은 검은 가지 위에 꽃잎들' 이 곤두박질치는 삼천갑자 동방삭도 기절초풍할 깊고 장엄한 구룡역에 장대비는 내리고, 화학학교 외곽초소 보초병은 판쵸우의 속에서 자위하노니, 오늘도 구룡마을의 형성사形成史는 콤파스 날갯죽지에 찢어져 내동댕이 쳐졌도다.

물속이 가장 편해 긴 잠수 즐기던 코가 유난히 낮은 한센병 점도의 작은 놀이터 깊은 소, 순덕네 긴 방축 아래 뻔쩍거리던 은어 떼, 진한 육이오가 고스란히 남아 총알이 화수분처럼 나오던 이 구산 남쪽 자락, 여우가 자갈을 굴리던 너덜겅 아래 큰 길, 여치 베짱이 몸보가 노고지리보다 더 크고 멀리 날아 석양을 물들게 했던 들판, 이제는 폼페이 최후가 되어, 옛 영화榮華 추억하는 선셋 대로 노마가 되어, 그렇게 구룡못은 늙고 병들어가고 있다.

꽃을 미워함

꽁꽁 무겁게, 거만하기 짝이 없던 젊은 기교機巧, 겨울,
현혹과 기만 앞에 넙죽 엎드려 풀이 죽은 황량한 한글의 저녁.
진작 도착하여 자기들만의 성을 쌓고 해자마저 파 여유 부리는
화려, 화미 일란성쌍생자一卵性雙生字, 온갖 극미極美 자랑하며 진
종일 노래 부르곤 했지, 한자漢字는, 그러한 날들은 가고 마는가.
안개눈물 적시던 짧디 짧은 '제논의 화살' 시각,
한글의 수태受胎는 창공을 향해 조용히 소리치고 있었지.
한 줄기 수액에서 만화방창,
한 목에 두 가지 이상의 소리, 오, 후미,
폭양의 정오, 매미소리는 바위에 스며드나니, 아, 하이꾸,
한글은 진통 마치고, 봉오리를 조산助産,
추억이 선악 삼키듯, 꽃도 악선을 꿀꺽 먹고 말겠지요.
그리하여 단말마의 황홀함도 떠난 여인같이 미워하게 되겠지요.
진정 나의 꽃이 질 것이라 생각하니 온갖 앙탈이 밀물처럼 오네
요.
울며불며 매달려 보지만 꽃은 저만큼 하늘하롱 가고 있으니,
마지막 염력 다해 설움과 미움을 한없이 퍼붓노라, 퍼부었노라.
지구가 멸하는 것처럼, 그렇게 그렇게, 휘파람 불며.

한글꽃 지다

ㄲ 꼬 꽁 무겁게, 거만하게 기교, 한겨울
현혹, 기만 앞 넙죽 엎드려 풀기 죽은 한글, 봄눈
진작 도착 계절성 쌓고 호壕 파
여유 부리는 화려, 화미 일란성쌍생자
온갖 극미 자랑, 진종일 축제, 한자
그러한 날들은 가고 마는가
안개눈물 적시던 짧디 짧은 '제논의 화살' 한글의 수태는 창공
향해 조용히 소리치고 한 줄기 수액에서 만화방창까지 한 목 두
가지 이상 소리, 오, 후미
폭양의 정오, 매미소리 바위에 스며드나니, 아, 하이꾸
한글은 막 진통 마치고, 봉오리를 갓 조산
추억이 선악 삼키듯, 꽃도 악선惡善을 꿀꺽 먹고 말겠지요
그리하여 단말마 황홀함도 떠난 여인같이 미워하게 되겠지요
진정 나의 꽃 별리, 온갖 앙탈 밀물처럼 오네요
통곡처럼 그립게 매달려 보지만 한글꽃, 저만큼 하늘하롱 가고
있으니
마지막 염력 다해 설움과 미움을 한없이 퍼부어라, 퍼붓게 되노라
지구 멸滅, 그렇게 요렇게, 휘파람 불며

미웠던 꽃, 어디 있었으랴, 내 생각의 기억 속에

ㄲ 꼬 꽁, 무겁게, 거만하게, 탈기교脫機巧롭게, 한겨울 소남풍같게, 큰골 산무지개 같은 현혹도, 비얍터 바위소沼 소골소골 티코만큼, 바람산 옹달샘 무당올챙이만큼, 천지 삐깔 곱사리 떼가 영락없이 걸려든 수수깡 낚시도, 넙죽 엎드려 풀기 죽은 조실부모 한글도, 화전들 비닐하우스를 절단 낸 올봄 설이雪異도, 장우 아범 찢어진 밀짚모자 날리던 만돌이 굼터 소소리바람도,
계절성 쌓고, 호 파, 여유 부리는 화려, 화미 일란성쌍생자들과 같이 진종일 와룡축제로 식음 전폐하다시피 한 청탄정의 현판은 오늘 같은 봄날에 명주바람을 기다리고 있는가.
는개눈물 적시던 짧디 짧은 '제논의 화살' 닮은 한글의 수태는 창공 향해 얇게 항변하고, 한 줄기 수액에서 만화방창까지, 연천들 참나무 군락지 사슴벌레, 장수풍뎅이까지, 노랗게 물든 포플러 잎 오물거리는 앙골라의 빨간 눈까지, 가천 초등 왕벚까지, 3학년 교실 창틀에서 해바라기 하고 있던 미모사까지,
오, 한 목에 두 가지 이상 소리, 후미여.
아, 폭양의 정오도, 말매미의 우렁찬 소리도, 바위에 살포시 스며드나니, 하이쿠여.
별꽃은 잔디의 훅 한 양광을 들이마신 후 곧바로 양수가 터져 기나긴 진통 마치고, 숫처녀 젖봉오리를 갓 조산했구나.

추억이 선악 삼키듯, 꽃도 그렇게 꿀꺽 하고 말테지요.
그리하여 단말마 황홀함도 떠난 해운같이 미워하게 되겠군요.
이제야 별리꽃 가까우니, 온갖 앙탈부리며 구룡못에 메다꽂아 박히는 기동사격 소나기처럼 곧추서서 오고 있어요.
탑골 밖, 씨산이 누님 장녹발長綠髮 장화홍련 어느 틈에 풀어헤쳐, 흰고무신 벗어 양손에 거머쥐고, 한 발 떼고 애고 애고, 두 발 떼고 어찌할꼬 남은 애비, 통곡 소리 요란하게 소복 되어, 황소바람 되어 들어서는데, 쑥대머리 애달피 그리워서 매달려 보지만 저 꽃은 이만큼 하늘하롱 방지포구 까치놀 되어, 능화숲 도산밭골 너른 내피라미 튀는 휘영청 달밤 윤슬 되어, 날선 작두위 산제당 무녀되어, 마지막 염력 다해, 사월댁 다섯 살 난 외동딸 잃은 설움같이, 송암 편백 같던 위주 할매 미움같이, 오월 감나무지 사름처럼 주야장천 퍼부어라, 퍼붓게 되노라.
그래, 또 한 번 천년 묵은 서까래 왕지네가 되어 기다려 볼까요?
백두산 영봉에 태극기 꽂고 온다며, 두 차례나 자원입대했던, 만주 용정 내 집 드나들 듯, 한 걸음에 내달리던 빤쟁이 엿장수 인준이 외삼촌. 요 시절 태어났으면 동아마라톤은 떼어 놓은 당상이요, 케냐 체육계가 초비상일 테지요.

그토록 연실蓮實처럼, 쥐라기 공원처럼, 기다려 보기로 해요.
지구 멸은 어느새 약물바 절벽 산부추 같이 가녀리고, 아직도 융단 고드름은 옛 학동學童 그리워하며 산풍 곡풍 마다않고 아래로만 신작로만 쳐다보고 있으련가. 그날의 왁자지껄을 좌판처럼 펼쳐놓은 채로. 긴 세월 염색으로 가늣해진 머리칼 같은 곡조가 가얏고 열한 줄 타고 흐르는 이 한밤, 살의殺意 안고 태어난 자목련 한 송이가 장난끼 심한 개미 한 마리 돌출행동으로, 그 무게로 천수天壽 근처에 맴돌다 도라 도라 도라 직강하하여, 엇비슷 오랑캐꽃 하얀알 어여차 운반하던 동료 개미 두 마리가 루터 친구 벼락 맞듯 압사하고 말았도다. 떨어져 오르는 벚꽃의 나비 현상, 도토리거위벌레 귀퉁이 지혜가 무척이나 아쉬운 슬픈 정오였습니다.
홍태 큰배미 쟁기질같이 이리저리, 휘파람 불며, 뒹기들에 울려퍼지던 콰이마치처럼.
그날밤 와룡산은 우주의 중심에 선 듯 떠난 꽃들을 그렇게 노래하고 있었다.

꽃을 노래함

꽃의 반대 개념은 무엇인가?

죽음, 떨어짐, 오므라듦.

우린 그동안 화사함에 익숙해짐이었는가.

하기야, 개미, 나비, 벌은 꿀벌레다.

꽃과 꿀은 꿈과 같이 초성이 〈ㄲ〉이다.

꽃과 꿀과 꿈같은 세상을 만들려고

깍, 깩, 꼭, 깨, 낑, 끈, 꾹, 끼, 꽁,

끗, 꽝, 꼴, 꼴, 꾀, 꽥, 끝, 끌, 꿩,

꽤 노력하는 중이다.

나는 기뻐야

너에게도 조그마한 싹이 트기 시작하고
그리하여 긴긴날을 헬 것을 생각하니.
나는 쓰고 너는 불멸의 소재가 되어
무궁한 가능성을 주고 있기에.
허위와 위선이 뒤덮인
고향산야의 그 장막을 넌들 헤쳐나지 못하겠니?
좀 더 배우고, 알찬 삶을 위해서
나는 너를 한 그루 장미라 칭하여
긴긴날들을 길러서
이 세상 어느 곳에도 너와 비길 여인 없을 때
나는 스스로 행복하여
혈육과 인연이 맺어준 고향을 그리며,
힘찬 창작으로 후세의 빛이 피리라.
소녀야,
가시밭길을 나대로만 따라라.
너의 충고 있는 그날은 나의 만족 더욱 더하여
하나의 완전 인간으로 존재하리라.
새 봄날 버들잎 새싹처럼

청순한 소녀의 가슴은 순수와 영원을 머금는
생명의 노래이어라.
세사는 변하여도
꿈 많은 문학도는 예술로서 승화하리.
소녀야, 나는 네 맘 때가 좋아.
번뇌와 고뇌가 뒤엉킨 현실이 마치 꿈길인양
착각하는 그 순수 닮으리라.
너는 커서 아저씨의 예술행각을
이해하곤 그 다스한 손길 아쉬워
초롱초롱 눈빛만 남기리.
문학이 소녀를 죽인 세대는 지나고
병든 꽃처럼 삭막한 세상에
우리가 부를 노래는 어디 있을까?
소녀야, 나는 네 맘 때가 좋아.
영원히 간직하는 순결이 서녘 해 지는 날 와도
변치 않고서
그땐 내 생명 노래 부르리.

나뭇잎 초록빛 돌 때쯤

뒷산 금호산에서
봄 끝자락을 잡다.

문득 연두색 새순, 초록빛 어른 잎들이
정오의 양광에 부끄러운 듯
바람과 속살거린다.

어느새 산벚 마저 하롱하롱 지고,
그 떨어진 자리에 제비꽃도 박씨 찾아 강남 가고,
애기똥풀도 간혹 보이는 여섯꽃잎 찾아 가고,
뱀딸기 꽃조차 뱀처럼 풀숲으로 숨어든 그 자리에
둥굴레 방울방울 꽃망울이
순둥이 황구 젖꼭지가 되다.

그래 그렇지.
4·19도서관 구내식당 어묵국물보다
더 구수한 잎사귀들 속삭임에
갑자기 고독이 처연하게 밀려와

부질없이 스러져간
어느 독재자의 최후에게 손사래를 보낸다.

잎아, 연· 초록 잎들아.
점점 짙게 계절의 속까지 물들어가는
태고의 음향이 한 방울, 두 방울 떨어질 때
꽃향기에 찢어진 고막은
생각의 기억과 마음의 심장까지 헤집는다.

그때 향리 뒤란
땡감 낟가리 속에 든
어느 지킴이 알을
감탄과 공포와 설렘의 눈으로
만지작거리는 나를 발견한다.

가자, 가자가 아닌 곳에 가서
차라리 멋진 신세계를 꿈꾼 노작가,
부에노스아이레스의 열기를 노래하여

감수성의 꼭짓점이 될지언정
짙초록으로 변환되는 감격은 잊지 못하리.
밤마다 꽈리 닮은 요강에
앵두빛깔로 변한 어머니의 하혈이
오히려 치자꽃 향기를 고대하고 있었지.
그 밤도 부엉이는 음나무에서 마냥 울어댔고.

오, 이 순간
옥왕관에 주렁주렁 달린 그리움의 복판에 서서
푸름을 만드는 사계의 혁명 안에 서서
노고지리 날갯짓을 보리피리 불며
감개무량을 꺼내보았지.

눈부셔, 바다햇살
쑥부쟁이도 고들빼기도 구별할 수 없어.
참빗으로 단장한 방지마을,
바람개비 무늬 오색구슬을
오늘도 비누풍선으로 날려 보내는 젊은 시절.

'비둘기들 노니는 저 고요한 지붕은 철썩인다.
소나무 사이에서, 무덤 사이에서'
나는 그 시인의 고향 세트Sète에서 지고 말리라.

아직도 배냇짓 풍기는
연초록 어린 순을 부여안고
지친 세월의 순환에 길들여져
아무런 대꾸 없이 고개만 끄떡이는
잎사귀의 숙명이여.

더 이상 우주 공간이 멈추어
붙박이별 되려는 몸부림 속에
찬연한 광채만 되새김질 하고 있겠는가.

누군가 바람의 고향을 묻는다면

어느 봄날,

바람 하나가 내 품으로 안겨왔다.
어디서 왔으며, 왜 내게로 왔는지,
바람은 팔랑개비 무늬가 든,
유리구슬 네 개를 목숨마냥 움켜쥐고 있었다.
나는 막연한 두려움에 구슬을 빼앗아 창공에 던져버렸다.
구슬이 태양에 반사되어 천지사방으로,
오색 빛 되어 뻗쳐나가는 모습을 보면서,
다가올 내 청춘을 어렴풋이 예감해 보았다.
그때, 내 품에 있던 바람은,
오색 빛 따라 여러 갈래로 나눠 날아갔고,
형언할 수 없는 설렘과 흥분에 사로잡혀,
만추의 양광에 취해 황금빛 버드나무 잎사귀의
찬란한 반짝거림을 멀리한 채,
한동안 그렇게 눈시울만 적시고 있었다.
이런 청춘도, 다시 찾아온 바람과 함께,
첫나들이 서울역 앞

'아이디알 미싱' 의 네온사인에 지고,

때론, 무악재 너머, 홍제동 안성여객 종점의 독서실,

마치 학교의 명예를 걸 듯, 단둘이 남아

온밤을 지새우기 다반사였던, 왼쪽 코 옆, 사마귀 달린,

경기여고 학생이 버린 노트에서 머물다가,

어느 폭양의 여름날, 일본《주부생활》에 실린,

영화 〈고백〉의 여주인공 사진을 도려내 수첩에 넣고

언젠가 연인으로 삼겠다고, 먼 하늘 보며 다짐했던

여드름투성이의 나날들이며,

혹은, 명동 앞 국립도서관 벤치에서 매일같이 시간을 사냥하던

왕년의 고시준비생, 미치광이를 동정하기에 이르면서,

고향은 여기저기 가로등에 달려 있었고,

십이 열차의, 입석도 오감해서, 한걸음에 내달리기 일쑤였다.

바람 따라 청춘도 그렇게 갔는가?

한양천리의 숱한 세월 속에, 청계산의 솔바람 속에서도,

자시기재를 넘어 됭기[東溪] 들판에 힘차게 들려오던

'콰이마치' 는 아직도 내 귓전에 회억되어 맴도는데,

나는 아직도 '큰 파도 흔들리는 오대양 중심' 이 아닌

고작 청계의 매바위 위에서,
단풍에 물든 신갈, 떡갈, 참개암, 졸참 나무
산등성이에 피어나 자태를 뽐내는,
짙푸른 소나무의 거만함을 보면서,
아쉬웠던 세월에 대해 스스로 질책도 해보면서,
비탈진 계곡 위에 봄가을을 굳건히 지키는
우리들의 생강나무를 기쁘게 노래한다.
오늘도 어김없이 마을 나온 바람은,
그제는 사천 수양루 현판,
어제는 마라도 갯쑥부쟁이와 결별의 입맞춤,
내일은 일본 규수 지방 삼나무 숲을 지나,
솔로몬군도 뉴조지아섬(태평양 깊은 속),
대왕조개의 볼 살에 깊이 박혀,
영롱한 진주되어 춤추리라.

아, 누군가 바람의 고향을 묻는다면,
누군가 바람의 고향, 고향을, 굳이, 묻는다면,
나는 말하리라.
나뭇잎이 떨어지는 게 아니라,

바람이 한 잎 두 잎 떨어지고 있는 것임을.
그리고 그 이파리가 바로 바람,
그러니 이파리의 고향이 당연히 바람의 고향임을.
이 순간, 바람은 상수리나무 열매를 익게 하고,
굴참나무 껍데기를 더욱 탄탄하게 하며,
붉나무 넓은 잎사귀에 한없이 볼을 부비다,
숨이 차서 그런지, 은행나무에 다다라서는
노랗게 노랗게 떨어져버리고…….
그러한 사계의 끝자락에서,
떨어진 바람은 엽영과 같이
흔적도 없이 사라지고 마는 것인가?
우리는 여기 이렇게 다 모여 있는데.
서로가 가슴 속에 파고드는
새로운 바람을 맞이하기 위하여,
자, 누군가 말하리라,
이제는 그 시절처럼, 오색 유리구슬을 창공에 던지자고,
던져버리자고. 비록, 순진한 바람이
끝 간 데를 모르고
이 산, 저 계곡을 헤맬지라도.

떨어진 꽃잎을 노래하다

오늘 아침, 이형기의 '낙화'를 주워,
배낭에 넣고 금호산으로 향했다.
가야 할 때가 언제인지 모르는 이의
뒷모습은 얼마나 쓸쓸하랴
봄 한 철
죽음을 예견한 나의 인생은 더욱 황량하다
떨어져 나비되어 다시 오르는
별리의 벌판에 선 죽음의 무도舞蹈여.
지나간 세월의 눈보라도
다가올 포플러의 가을도
내 인생 허무함을 가눌 수는 없으리
가자, 떠나자, 아쉬운 헤어짐에
한 방울 두 방울 아롱 젖은 머리칼은
먼 낙랑의 여인인가, 그대여
어느덧 나는 저 멀리 광야의 끄트머리에서
힘없이 흔드는 아쉬운 그리움에
이 밤도 창공을 향해 두 손 모은다
문득, 태양이 50억 년 지구를 안고 갈

크나큰 책무를 생각하며,

'낙화'와 결별하였다.

그저께 본격적으로 만개한 벚꽃은 황홀경 그 자체였다.

사실 내 몸은 봄이 오면 맥박수가 빨라져

조절하기가 여간 어렵지 않다.

그런데 저쪽 개나리 울타리 밑에

벚꽃잎들이 모여 송알송알 소곤대고 있었다.

꽃봉오리째 떨어진 놈,

하나하나 낱개로 떨어져

외롭고 춥고 배고파서 벌벌 떠는 놈

뒤섞여 있었다.

아마 어제 온 비 탓이리라.

언덕 위 운동기구가 있는 곳에서

내가 사는 아파트를 내려다보았다.

마치 뭉게구름처럼

대관령 양떼처럼

내 표현력이 닿지 않는 곳에

그렇게 벚꽃은 꽃대궐을 이루고 있었다.

내 고향 정월 대보름은 그렇게 시작되었다.

능화 뒷산 이구산에서

쟁반 같은 보름달이 떠오르면

달집 둘레에 모인 사람들이 함성을 지르며

동시에 그 해 마을에서 가장 우선 소원성취를

바라는 자가 달집에 불을 댕긴다.

짚단, 깻단, 수숫대, 옥수숫대, 갈대가 불쏘시개 되어

대나무에 걸쳐놓은 동정이며 옷가지를 태우다가,

대나무가지를 태우다가,

마침내 대나무 줄기가 타면서 지르는

딱딱딱 굉음에 저쪽 응달 대나무에 앉은

눈뭉치가 놀라 자빠지기도.

그래 그 누가 응달쪽 분깃담 대밭의

그 을씨년스런 모습을 보았겠는가.

아무도 눈길 한 번 주지 않는

보름달의 반대방향이여.

그러나 시간이 흐르는 늦은 밤이면

그곳을 지나가련만.

사람들은 그걸 모르지.

그렇지, 암 그렇고말고.
우린 태어남과 피어남과 잘됨에만
관심을 가질 뿐이지.
죽음과 지고 떨어짐과 못됨에 대해선
가혹할 정도로 무관심하지.
그것은 떨어진 꽃잎이 지저분하기 때문일까.
세상사 모두 지저분한 곳에서 흙이 되고 생명체가 잉태되나니.
고향엔 무궁화나무가 네댓 그루 있었다.
아마도 아버지가 명색이 출입하는 자라
의무감 내지는 과시용이었으리라.
무궁화에 너무도 많은 진딧물이 붙어 불쾌했어.
흔한 고향말로 '저 비리 봐라, 비리'
또한 몽우리째 떨어져 장마가 오면 도랑이 막혀
물이 역류하기 십상.
심지어 부엌까지 차고 들어와 생고생을 하곤 했지.
그러니 머슴들은 그것을
쇠스랑으로 긁어내면서 온갖 욕설을 해댔어.
그러한 무궁화가 진딧물이 근처에도 못 오게끔
개량되어 널리 보급한다기에 가서 받아왔다.

출판회관 입구 계단 옆엔 접시꽃이 피어
간혹 알락하늘소가 찾아오기도 한다.
그런데 접시꽃 또한 몽우리째 지기 때문에
청소하기는 수월하지만 너무 아쉬울 때가 많았다.
야근을 하고 달빛이 내린 밤에
잎 위에 떨어진 꽃을 보면서
소복 입은 최명희의 모습과 연관이 되었다.
사실 최명희는 너무 정갈하여 옷깃을 훔치면
싸늘한 바람이 얼굴을 때릴 것 같은 착각을 일으킨다.
천년학의 꽃잎 흩날리는 모습은
그런대로 감흥이 있지만 대다수 떨어진 꽃에서
향기나 추억이나 아름다움을 기대한다는 것은
우리의 인식이 아직까지는 도달하기 힘들다고 본다.
그러나 노신은 노래했다.
조화석습朝花夕拾, 즉 아침에 떨어진 꽃을
바로 쓸어내지 않고
해가 진 다음에 치운다.
나는 한 마디 더 붙여 노래를 이어본다.
'떨어진 꽃이라도 향기는 남아 있으리니'

또 청계산, 개체와 군집에서 생강나무를 생각하다

바람의 심장, 바람의 뇌, 바람의 감정, 바람의 성격을 아는 자는 오직 바람뿐이리.
떨어진 바람 앞에 내 작은 실핏줄이 울고 있다.
바람의 다양성, 다양한 바람.
어제는 미모사, 오늘은 청계, 그리고 태평양 한가운데서, 그제는 일본 규수의 삼나무 숲에서 떨어지고, 그것의 손자, 고손자뻘 되는 놈이 여기 내 앞 생강나무에 떨어짐을 보면서 노랗게 흠뻑 물든 자신을 보면서 웃는가, 우는가, 아니면 또 다른 감정을 만들었는가? 바람이여!
세월은 그렇게 흐르고, 고정관념도, 이제껏의 진리도, 오늘 이 순간 파괴되고 뒤바꿔 일단 거꾸로 가보는 거다. 동서남북이 아닌 새로운 방향으로.
아, 나는 엊저녁 늦게까지 세례2차 교육을 받고, 3위1체설을 듣고, 요한계시록의 심판의 날을 듣고, 개나 소나 구세주가 되었다고 들끓는 이 나라 똘마니 예수들을 느끼면서 또한, 예수 이전에 태어났던 수억만 명의 인류는 그 누가 심판하며, 그 많고 많은 사람을 언제 어떻게 심판해야 하며, 심판의 기준이 인간의 다양한 윤리 도덕이나 법률에 맞추어야 하는지, 왜냐하면, 부부가 1

부1처제가 있는가 하면, 다부 1처제도 있고, 1부 다처제도 있으며, 근친간의 결혼도 한때 성골이니 진골로 인정 되던 시대도 있었나니.

아, 나는 부천 제일교회에서 신과 인간이 너무 닮았다는 사실을 목사의 설교를 통하여 알았고, 나아가서 신이 나와 너무나 가까이 있음을 느꼈다. 인간이 만든 신. 결국, 슬프게 여린 별 볼일 없는 인간이기에 그렇게 그렇게 믿음 쪽으로 갈 수밖에 없구나. 대나무의 경우는 어떠하랴.

인간에게 가족과 종족과 국가를 위해 희생했을 때, 나 하나의 죽음(희생)이 나머지 가족이나 종족이나 국가의 일부분이었음을 알겠는가? 아, 민들레며, 망초며, 쑥부쟁이 한 송이가 나 하나의 개체의 의미와 동일한가? 나의 작품에서의 진리위원회가 하늘에는 별, 내 가슴에는 윤리여, 하고 되뇐다 해도 간통과 상피란 시대의 부산물일 뿐. 또 살인의 의미를 생각한다. 소수일 때 살인, 다수일 때 전쟁, 얼마만큼 죽여야 전쟁으로 인정받는지. 뇌물도 그렇지, 큰 섬이나 국가를 바친다면 이

야기는 달라지고, 인간이 한 국가 전체를 죽이면 기독 정신에 위배되는 건가?

생강나무를 노래함—이른 봄 산 계곡의 노란 물결과 늦가을 산

계곡과 능성이의 노란 물결들.

개를 데려온 사내—충복, 충직, 무조건 싫어 다양성이 좋아, 하나만 아는 내 이웃 대학교수며, 이창호, 이세돌 같은 사람이 싫어. 1회성 삶 속에 바둑의 길만 헤매다 이 청춘 싸늘하게 식는구나. 감옥과 족쇄를 풀게 하라. 동물은 움직여야 한다. 그렇게 보면 운동선수는 본능에 충일한 거지. 그렇지만.

나뭇잎이 떨어지는 게 아니다. 바람이 떨어지고 있는 것이다. 상수리나무 숲을 지나 신갈나무 얼굴을 만지고 떡갈나무 칙칙한 손을 매만지고 온 바람이 숨이 차서 그런지 노랗게 노랗게 떨어지고 있는 것이다. 나는 다가오는 11월 15일 토요일 간증문 제출 때 나의 시적 자

서전인 시집과 사물을 더욱 차원 높게 해석할 수 있는 능력을 주신 하느님께 감사의 글을 써 제출하고 싶어진다.

생강나무의 한 해를 보면서, 지켜보면서 굴참나무 잎이 줄줄이 떨어지는 것을 보면서 그쪽, 저쪽에서도 바람이 떨어짐을 보면서, 아, 바람아, 바람아!

어디서 온 바람인가 바람에게 희망을 주어라. 청계의 전부인 그들은 바람에 스쳐 갔으리라. — 개암나무, 노간주나무, 철쭉, 진달래, 산벚꽃, 보리수나무, 작살나무, 물박달나무, 소나무, 다릅

나무, 팥배나무, 밤나무, 낙엽송(일본잎갈나무), 단풍나무, 당단풍나무, 구상나무, 산초나무, 국수나무, 아까시나무, 노린재나무, 으름, 다래, 칡, 쥐똥나무, 조록싸리, 고사리 종류, 산돌배, 산복숭아, 산사나무, 청가시덩굴, 청미래덩굴, 환삼덩굴, 사위질빵, 오배자나무(붉나무), 개옻나무, 현사시나무, 자작나무 —
때죽나무와 쪽동백과 느티나무, 산사나무, 참빗살나무가 안 보인다.
우리는 배스, 블루길, 황소개구리, 붉은귀거북, 뉴트리아를 죽이고 죽인다. 챠넬메기, 이스라엘 향어, 떡붕어는 미워하지 않고, 서양민들레니, 개망초니 하여 비슷한 국산이 비실비실하면 우성의 서양 것을 미워하는데, 미모사니 코스모스니, 클로버는 미워하지 않으니, 외국에서 온 며느리, 순종하고, 아들 낳은 자는 좋아하고, 조금 빡센 자는 미워하고, 도대체 그 기준이 뭐냐. 소나무의 원 고향은 어디며, 신토불이가 웬 말이냐, 그렇게 황토가 좋았다면 온 생활이 황토 속에 이루어졌던 우리의 선조는 그렇게도 비실비실 일찍 하직했던가. 나의 코즈모폴리터니즘에 위배되는 행위여, 작태여. 이 세상천지 하늘도 하나고, 샛별도 하나며, 목숨 또한 하나나니.
영국인들은 토종, 외래종을 특별히 차별하지 않고, 그저 자신의 나라에 자리 잡아 아름다움을 주는 식물이라면 감탄하고 즐거워하고 고마워한다고.
그게 어쩌면 그 작은 나라 영국이 자신들의 토종 식물보다 수십배나 많은 식물을 보유하게 된 원천인지도 모른다고 나의 총명한 6개월 제자 오경아는 설파하고 있구나. 대영박물관에 보관하고 있는 이집트의 유물과 삼국시대 신라의 통일이 그 시대 가장 적절했는가는 많은 논의가 있어야 한다고 고개 숙여 떨어진 은행잎들을 의미 있게 차면서 차면서.
불로문 돌문바위 위에서 깊고 푸른 소나무를 본다. 1미터 남짓되는 떡갈나무와 그 옆 15센티미터 되는 개옻나무가 바위 사이에 뿌리를 내려 힘겹게 이 가을을 보내고 있다.
매바위에서 바라본 산 아래 소나무는 배신자요, 이단자였다. 이 가을 모두가 단풍을 준비하고 있는데, 소나무만은 더욱 싱싱하게 진한 푸름을 뽐내고 있음이 밉살스럽기도 하다. 마치 이때를 기다렸다는 듯이 단풍 속의 소나무는 그렇게 자신의 잘남을 남의 것에 기대어 뽐내고 있다.
지난 봄 소나무를 살리기 위해 참나무류를 솎아낸, 이웃의 슬픈 죽음과 그 시신이 무더기로 비닐에 싸여 눈앞에서 이 계절을 보내고 있음을 살아남은 그들은 안다. 무슨 제도에 희생당하는 불쌍한 것들.

내 주위에는 퇴직하여 빌빌거리는 자 숱하게 많다. 모두가 제도의 희생이다. 그들의 일과는 오로지 죽음과 건강뿐이다. 그들에게 정년이 15년만 연장되어도 인생 설계의 비전은 달라졌을 것이다. 집단 체면, 집단 살인 행위나 다름없다. 정부는, 위정자들은 무엇을 꿈꾸는가? 이 나라에서 가장 심각한 것은 '교통'과 '노인' 문제이리라. 젊은이의 버릇 나쁨은 이집트 시대에도 있었나니. 그 시대의 어느 문헌에는 '요즘 젊은이들의 버릇이 너무 나빠 걱정이다.' 라고 기록되어 있다!

다릅나무 죽은 줄기에 명찰이 달린 것을 본다. 달아놓고 난 후에 죽었는지, 죽었는 데도 학습용으로 달아 놓았는지 모를 일이다. 남산 야외 식물원에서의 안내 팻말을 생각한다. 아이들은 입구 주변에 자란 풀과 꽃 이름을 묻고 있는데, 제도는 입장 후의 정해진 장소부터 이름표가 달려 있으니…….

이 순간 지난 세월의 몇몇 양아치들이 켕기는구나.

철쭉줄기가 마치 배롱나무 그것과 흡사하다.

낙엽송이 도포자락을 흔들며 바람과 함께 춤추고 있다.

가까이 가보면 단풍의 모습은 지저분하다. 단 하나의 상처도 없는 것이 없다는 어느 외국 스님의 놀라운 발견이 생각난다! 다만 생강나무가 조금 깨끗할 뿐. 국수나무가 흉내 내기 대장이다. 생강나무는 키 큰 참나뭇과의 나무를 비해 계곡이나 능성이에서, 바람과 햇빛을 멀리한 채 노랗게 익어만 간다.
어느 봄날 아파트 벽면에 비친 목련의 자태가 못내 아쉬웠던 내다. 아, 계곡 저쪽에서의 단풍나무여, 조놈의 단풍이, 문둥이 단풍이 사람 기절초풍 시키누먼.
올 여름 말매미, 참매미, 유지매미가 기성을 부리던 날, 참나무 아래에서 우리의 발걸음을 멈추게 했던 그 도토리와 무성한 잎들이 결국은 또 하나의 생명의 잉태를 위한 사활을 건 전쟁이었음을 알고, 그 도토리거위벌레의 어김없는 출현과 갓 주입한 알에게 충격을 완화하게 하려고 도토리와 잎들을 동시에 잘라 떨어뜨리는 그 놀라운 지혜는 어디서 얻은 것이냐? 서울 지역에서의 가재가 잠에서 깨어나는 5월 10일경이 너무도 경이롭다. 그리고 해남영전 저수지 윗쪽에서의 그 탱글탱글했던 가재들의 모습에서 있어야 할 곳과 원시 산림 속의 동식물이 건전하다는 것을 어찌 잊겠는가?
생강나무 단풍잎은 햇빛을 받아도 은은할 뿐이다. 달빛 아래 역시. 그러나 신갈나무 노란 갈색 잎은 더욱 빛나고, 포플러 역시 바람에 부딪히며, 빛난다.

기호품의 변화-어릴 때 싫어했던 미나리와 조개-생욕에 시달렸던 고구마며, 소주 안주의 닭고기도 이제는. 세월에 익숙해지는 자신을 물끄러미 바라본다.
절반의 삶이 술에 절었다면 이후는 달라져야.
예나 지금이나 여전함은 돈과 말.
생강나무를 보면서 아류나 2류를 생각한다
단 한 번도 일류가 되어 보지 못한 2, 3류의 삶이여.
차남으로 태어날 때부터 지워진 운명이런가?
나에겐 진정한 의미의 형은 없는 건가?
형은 원만의 대상은 될 수 없는 건가?
진부한 발상일지 모르지만 <보리밭을 흔드는 바람>이란 영화에서나 몇몇 문학 작품에서의 사상적으로 대립된 형제를 보면서 자위하곤 한다.
들과 길의 은행나무나 포플러를 당해내지 못하며, 유채나 국화를 당해내지 못한다. 그리고 또 하나의 누명은 이른 봄 계곡이나 능성이에서 반기는 노란 향기가 산수유가 아니란 점이다. 꽃 모양은 비슷하나, 산수유 줄기는 물박달나무처럼 거치나 생강나무는 팥배나무 줄기처럼 맨들맨들하다.
거짓 없는 껍데기의 순수함이여!

망향천리

영변의 약산 진달래보다
뒤뜰 산 참꽃이 더 아름다워라.

여주강 은모래 금모래보다
쇠내강 모래가 더 반짝거리네.

내장산 내장사 당단풍보다
산제당 버드나무가 더 황홀하여라.

김광균의 설야보다
어머니 다듬이 소리가 더 정겹다네.

아, 세월 갈수록 미움설움 사위어 가는데
망향은 오히려 말벌에 쏘인 듯 부풀어 오르는구나.

반포대교 앞에서

무슨 쓸쓸함에 목숨 걸었더냐
오늘도 강변에서 조약돌 하나둘 줍고 있구나.
여기저기 누치의 시체가 썩어 문드러져 있고
간혹 독감 든 한강은 콜록콜록 기침을 하고 있구나.
주기적으로 뻗치는 분수보다 낙조가 더 정겨워라.
처음은 붉었다가 가을 된서리 다음날처럼, 단감처럼
그 홍조에 술맛이 당기는구려.
인생은 옛 추억을 (그래 오늘이나 내일의 추억은 없지.)
되새기며, 반추하며 사는 건가.
엊저녁 사촌모임에 다녀와 더욱 내 마음을 비우리라 맘먹었네.

벚꽃 피기 전

제 아무리 절륜한 놈이라도 동시에 두 년의 사타구니를 범할 순 없지.

제 아무리 옥환이라도 두 놈의 무기를 한 곳에 집어넣을 순 없지.

그게 동물의 속성인 게야.

제 아무리 날뛰어도 한 마리 동물에 불과하다는 천리天理를 깨달아야지.

그대는 아는가?
내 군대, 네브래스카 친구는 가슴이 벌렁거려 숨을 제대로 쉴 수 없는 사건에 휘말리고 말았다. 이유인즉슨, 입사동기 중에서도 유달리 친케 지내던 나이 적은 동료가 어느 날 명퇴를 당해 멀리 시카고 옆 네브래스카를 달려와 밤새 통음하면서 살 길을 애원하던 그에게 성심 성의껏 이만저만한 상술을 배워줬더니, 그것도 자기 가게 옆에 똑 같은 슈퍼를 내겠다고 물색하러 다니는 영동 출신, 그 사내를 이제는 보호 관찰해야 하는가?
자기의 일신보양을 위해 몇 대를 이어온 위토답과 묘지기 전답을 팔아 치운 강남의 알부자인 우리 아재를 물끄러미 본다.

그리고 자기만 살겠다고 다섯 부하를 이런 구실 저런 구실로 내몰고. 이제야 자기 세상 되었다고 두 다리 쭉 벋고 담배연기 길게 빨아 넘길, 고작 3개월 후, 자기도 쫓겨난 김 전무를 찬양하게 된다.

동서 재산 몰캉하게 보여, 다섯 딸아이 만만하게 보여, 육군대령 군복 벗고 회사를 안은 작은 동서가, 빛나는 별 하나 소원이었는데, 비로소 이 회사에서 별 하나 달고자, 크나큰 횡령, 큰 빼돌리기 수법으로 회사를 절단 내고서, 눈치 챈 셋째 사위 겁이나 훌훌 떨고, 남은 재산 절반 안 준다고 쌩 염병을 떨던 그이는 지금 어디에 있는가? 사건 있은 불과 7개월 후 부부 차례로 요단강을 건너갈 몸이었건만.

모처럼, 과부가 된 후배 여자에게 눈독을 들이는데, 웬 잡놈이

학벌을 내세워 온갖 술수를 부리는 내 후배에게 영광 있으라!

주야장천 쌩고생, 특허 따, 이제야 고생 끝인 줄 알았건만, 아뿔싸, 유사 특허 몇 개를 위성처럼 달지 않아 특허 하나 낸 지 불과 4개월 만에 배춧잎 변변하게 한 잎 집어보지도 못한 채, 폭삭 망한, 부천 상동에 사는 박 상무를 그리워한다. 마치 다된 밥에 코 빠진 우리 족장 김재규를 연상케 하는 아름다운 멜로디로다.

일상의 친절과 예의가 독도에 와서 부서지는 재피니스르 보면서 우노라!

거대한 공사장에 도열해 있는 레미콘 차를 보면서 생강나무 꽃과 산수유 꽃을 구별하고자 가지를 꺾은 정오의 바람은 어디로 가는가.

벚꽃나무를 지나며

야, 미치겠다, 미치겠어. 30분 전만해도 카드 빚 독촉에, 악마한테라도 영혼을 팔아서래도, 이 빚만 갚아진다면 하고, 절망에 긴 한숨 앞세우다가, 만개하여 더욱 비통한 벚꽃 길을 걸으면서, 인생과 생명과 늙음에 대하여, 다소 심각하게 생각하였던 것이다.

이병주의 북한산 찬가는 긴 호흡이 필요하지만, 나는 여포 창날 같고, 일본도 같아, 순간 자결하듯, 권총으로 자살하듯, 순간의 감홍에, 설명이 없는, 아, 퀴즈 대한민국의 저 똑똑하고 귀여운 16살, 한성과학고의 박선영 양의 천재를 느끼면서. 최초의 공화국이 산마리노공화국이란 것을, 그 언젠가도 환청처럼 맴도나니. 그리고 신사임당과 황진이가 금성이요, 윤선도와 정철이 수성이라니, 어찌 헴록hemlock을 마시지 않고 여기까지 온 것은 오로지 무지 때문이리라.

책을 내고 상심에 젖어 좀 더 쉬운 책을 만들자고, <스타워즈1>의 '에피소드— 보이지 않는 위험'에 기대하면서. 아서 클라크의 서거를 잠시 느끼면서.

스타 노래 대회에 출연한 하동균의 〈나비야〉 보다 더 나은 노래를 만들고, 〈슬픈 인연〉도 만들고, 〈내 사랑 내 곁에〉를 생각하다가 어떤 한계를 느껴, 〈애모〉나 〈만남〉이나 〈사랑의 미로〉의 수준쯤은 되겠노라고 스스로 다짐도, 채찍질도 해보면서.

아, 어저께 청계골에서 만난 별꽃보다 더 작은 노란 꽃, 하얀 꽃을 핸드폰에 집어넣으면서, 어느덧 용량 초과에 걸려들고, 갑자기 〈삼국지—용의 부활〉마저, 인생은 장기판의 말 하나 쓰기 나름이란 기화요초한 말이 생각나, 그때 마침 개나리에 진달래의 조화가 불현듯 스쳐가는 것을 붙잡았더니, 그것은 작년에 아파트 담에 있는 목련과 산 속의 진달래를 비교 분석한 것이라, 얼른 꽃잎 하나 따서 먹었다. 진달래는 하나고, 그 비명悲鳴은 나에게는 들리지 않지만, 하나의 진달래꽃에서 온 우주가 있고, 온 천지의 진달래가 꺾이는 통렬한 느낌을 받는다. 아, 하나의 나뭇잎과 하나의 코스야나가 그립다.

우린 그 당시 얼마나 죽음을 두고 죽음의 성격 묘사에 급급했던고. 군집과 개체가 인간의 죽음에 미치는 영향에 대해, 뒤늦은 나이에 깊이 생각한다. 한 뿌리의 여러 현상으로 나타난 대나무를 어찌하며, 아, DNA와 짜여진 프로그램의 미니멈과 맥시멈의 사이 허용 범위며, 기복신앙이 성립된다면, 오히려 신은 오욕칠정에 물들 수밖에 없구나. 내가 높인 신의 영역을 몇 단계 낮춰야지.
나는 황제도 아니다. 내가 황제가 아닌 이상 피라미드나 지하 무덤은 만들지 않아도 된다. 스스로 죽음의 두려움에 익숙해지는 소시민의 율법을 배워야 한다.

이 순간 또 돈이 그리워진다. 어서 돈이 필요 없는 양자 역학의 발전된 세상을 그려본다. 뼈저리게 그려본다.

이런 저런 사념에 젖어 대남문을 넘어 북한산성 길에 또 산사나무 몇 그루를 만나,
장미과, 낙엽지는 넓은 잎의 중간 키 나무, 붉은 열매와 흰꽃이 해 뜨는 아침 같다. 4~5월에 피는 하얀 꽃은 꿀이 많으며, 광택 있는 빨간 열매는 9~10월에 익는다. 국립공원, 신한은행.

자세히 보면 안내문도 아니고 시적 표현도 아닌, 신도 초등학교 제2학년이나 3학년 학생의 글처럼 보이나니.

오늘도 노랑괴불주머니와 자주괴불주머니가 현호색과 비슷함과 산수유의 거칠한 피부와 생강나무의 미끈한 표피가 개나리보다 더 봄을 꽃 피우고 있구나.
그리운 이름 쏠배감펭.

죽고 싶을 정도로 황홀한 벚꽃이여, 나는 올해의 네 모습 보려고 숱한 날의 영화와 시와 노래를 불러왔다.

그런데 어디선가 날카로운 절름발이 얼룩고양이의 비명이 들리는구나.

운석 하나가 떨어짐을 보면서.

벚꽃에게 보내는 탄원서

벚꽃아, 벚꽃아, 제발 올해는 피지를 말거라.

내 나이 예수를 두 바퀴 돌아,
몇 년 전만해도 노인성 질환의 백화점이었지.
어느덧 직장생활도 끝나고 해서
큰맘 먹고 모든 약을 끊기로 했어.
담배, 술, 약을 끊었으니,
모름지기 인간사 가장 끊기 힘든 것
세 가지를 끊는 쾌거를 이루었으나
그동안 친하게 어울렸던 많은 사람들이
고개를 절래 절래 흔들며,
절대로 상종 못할 자라는 둥하여
어느 샌가 추풍낙엽처럼 떨어져 흩날리고 말았지.
그런데 외롭기보다 오히려
왕성한 지적 호기심으로
최근엔 나오키상 수상작까지 섭렵하게 되었어.
셋이 이 주에 한 번 정도 만나
당구치는 한 친구는 말했어.

지금이 자기 인생에 가장 황금기 같다고.
나 역시 그 대열에 들어선 것 같아
고개를 끄덕거렸지.
나는 더욱 작심하고 거의 매일 점심 먹고
잠시 당구 게임을 시청하다가
최성원의 진지함과 섬세함에 반했다가
이상천에 고개 숙였다가
아까운 죽음에 슬퍼하다가
브름달의 억센 여드름 자국에
내 평생 친한 육촌형을 생각하기도 하고
차유람의 미모에 침을 질질 흘렸다가
정신을 가다듬고 배낭을 메고
뒷산 금호산에 가서
역기를 비롯하여 서너 가지 운동기구를 활용하고 있지.

비록 누워서 하는 역기지만.
순천향병원 간판이 보이는
원추리 뿌려놓은 산 밑 벤치에 앉아

전날 지은 글을 다듬기도 하고
어떤 프린트물도 읽기도 하지.
나처럼 건강 도모하는 서너 명도 꾸준히 다녀
약간의 목례로 인사를 주고받기도 했어.
관리사무소 소장과는 중구와 성동구의
여러 지역에 관해 질문도 했어.
지나갈 때 한 번 들러
커피 한 잔 마시라고 했는데도 아직 못 가봤어.
나의 낯가림이 여기서도 발동한 셈이지.
참, 여기서 밝히고 싶은 것은 운동기구가
지역의 부와 크게 관계가 있음을 알게 되었어.
저, 미군 부대 근처 한남동 쪽 운동 기구는 씽씽 빵빵.

누구는 쉴 나이에 일을 하면
청년의 일자리를 빼앗는 격이 된다는
나비효과를 빗댄 논리로 비웃기도 하지.
참 배부른 소리야.
단 몇 푼이라도 가족에게 보탬이 되고자

건네주고 싶은 게 솔직한 심정이야.
재작년 어느 날 문득
아파트 관리비 청구서를 보고 너무나 놀랐어.
몇 만원 정도인줄 알았는데
이십오만 원 정도였으니 말일세.
그날 이후 한 달에 십 만원의 용돈으로
전화비며 모든 걸 해결하지.
친구들은 참으로 용타고 혀를 내두르기도 하지.
그래서 지금도 임시직을 갈망하고 있어.
설문조사원 자리를 열망하고 있어.
그때는 전날 쓴 글을 갖고 다니며
틈나는 대로 읽고 고쳐야지.
그런데 많은 작품을 당분간 읽지 않겠다고
사르트르의 적은 독서량과
김병익의 창작과 독서의 비례는 좀 생각해 볼 문제란 데
멈춰 서기도 하지만 그게 생각대로 잘 안되지.
그제는 한 출판사 대표와 오랜만에 통화하던 중
그 자리를 기다리고 있다고 하니

선생님이 그런 일을 해야 할 처지냐고 의아해 했지.
그래서 살짝 장편소설 준비 중이라고 희석시켰어.
그러니 나날이 스트레스가 치솟고
혈압도 정상이 아닌 듯 생각되지.
이러한 때 조그마한 충격도 엄청난
결과를 낳을 수 있음은 불 보듯 뻔해.

여기에 꽃이라고 예외일 수 없어.

석양녘 금호산 간이 화장실 앞 계단 옆
벚꽃 줄기에 붙어
한겨울을 이겨낸 매미 허물 세 개를
곤줄박이가 쪼려고 하다 나를 보고는 후루루 날아갔다.
새가 날아간 저 언덕 위를 바라보니 사방천지가
마치 수컷물고기가 뿌린 정자처럼
옅은 연분홍 연무가 가득했다.
그것은 바로 벚꽃의 산통인가 진통인가
시작되었음을 알리는 신호였던 것이다.

며칠 전만해도 열한 살 산골소녀의 젖몽우리처럼
부풀에 오르던 것이
어느새 이 지경에까지 오게 되었다.

나는 다짐했다.
벚꽃이 만개하면 금호산에 오르지 않으리라는 것을.
왜냐하면 감격에 겨워 호흡이 정지되거나
하여 뇌졸중으로
아사 길로 접에 들까 봐
지레 오금이 쪼그라질 정도로 겁부터 난다.
독일 통일 다음해에 태어난
내 늦둥이가 장가가는 것은 보곤 가야지.

벌과 새들의 붕붕거리는 소리.
칡과 라일락과 치자를 능가하는 맛있고 아름다운 향기.
낙원동 떡집에서 떡을 찌는
달덩이 처녀 같은 화사하고 고결한 모양.
그러니 나는야 귀와 코와 눈을 막고

그리운 낙화만을 기다릴 수밖에.

제발, 벚꽃아, 피지를 말아라. 나 죽는다.
정녕 피겠다면 피는 즉시 낙화하렴.
그러나 이미 벚꽃은 만개를 위한 전쟁을 준비하나니,
전운戰雲은 사방 천지를 물들고 있나니.
그렇게 하여
한 열흘간은 빛나는 광채 속에
빗발치는 꽃잎의 총탄 세례에 나는 드디어 죽고 말겠지.
아, 끝내 나의 탄원도 공염불이 되고 말겠네.

벚꽃을 묵상함

청춘기에 나와 같이 늘 취해 있던 선진리성 광무狂舞
가난한 가장 시절 모처럼 찾아간 창경원의 숨 막히는
밤의 향연
사천 읍공관 서부극 속에서 늘 동경해 마지않던 워싱턴의 광휘
몇 년이 지나고 밀가루에 쑥이 그리움으로 남을 즈음
우리는 〈사꾸라〉의 원조가 제주도 왕벚이네 하면서
강한 자부심에 윤중로까지 질펀한 축제의 도로로 만들어 놓고
창경원이 아닌 창경궁이라고 시끌벅적하게 떠들어대지만
그 누구 알아주는 사람 없네.
참 사람들은 희한해.
민들레 홀씨가 하늘하늘 괭이갈매기의 오른쪽 깃털에 묻혀
태평양을 건너 가
미선나무 씨앗이 코쟁이 왼쪽 포켓에 따라가
둥개둥개 자리 펴고 있다면 굳이 〈너〉와 〈나〉
따질 겨를 있거든 신라네, 백제네, 고구려가
한 통속이 아닌들 뭐가 서러우랴.
정릉 북한산 입구 복사나무는 2천 년 전 중국에서
넘어왔다고 손바닥만한 널빤지 위에 자세히도 적어놓고

비가 오나 바람 부나 목에다 철사 줄로 감겨 외치대고 있네.
아, 나의 진정한 꽃은 어디에 있는고.

오늘도 세 들어 사는 잠원 근린공원 벤치에 앉아
바람에 흩날리는 벚꽃의 비상
하이쿠에 실려 또다시 윤회

드디어 나도 봄에 핀 한 마리 나비가 되나보다.

사천 연가泗川戀歌

산들산들 와룡산 둥개둥개 동트면
천 년 전에 가신 님 몽창시리 그리워져
그 마음 하늘하늘 남일대로 휘달린다.
실안포구 죽방렴 갈전어 꿈꾸면
선진성 벚꽃마저 핏빛으로 귀먹고
까마득한 기다림은 현해탄을 맴돌아
아롱다롱 시가 되고, 일렁얄랑 노래되네.

소록소록 이구산 너울너울 해지면
천 년 전에 떠난 님 불각시리 사무쳐져
그 마음 넘실넘실 배방사로 내달린다.
방지포구사공섬 자부락 춤추면
구룡못 달빛마저 서러워서 눈멀고
꿈속 같은 그리움이 고자실을 떠돌면
오늘도 님 생각에 천 년 세월을 그리네.

새근새근 봉명산 어슬어슬 밤오면
천 년 전에 만난 님 에내에내 애달파져

그 마음 가물가물 다솔사를 휘감는다.

광포만재두루미 문조리 괄시하면

비토섬 토끼마저 향내에 넋빠져

만해만리卍海萬里 보고픔은 침묵으로 수놓아

내일도 님 생각에 만 년 세월을 헤매리라.

산수유 지고 생강나무 피고

나는 모르겠네
당신들의 아픔을
당신들이 활짝 피기 전에
지금 당신들은 소리 소문 없이 문을 열었는가.
아니에요
무슨 수줍음에 포한졌기에
진정 당신들은 만개한 적이 있었는가.

필 듯 말 듯 약간의 떨림만 있었을 뿐
당신들은 바람둥이처럼
청춘고백을 부르며 떠났는가.

나의 엄숙주의는 되묻고 있네
당신들의 빛나는 정체성 앞에서
때론 쏟아버린 새끼열대어 먹이 줍듯
꽃잎을 디자인하며.

신이 저지른 교묘한 심심풀이 앞에

라이벌은 울고 있네
개나리도 영춘화도
미유기와 메기까지.

마침내 봄노래에만 익숙해진
계절의 불구자는
어린 시절 이무기 그림자한테 먹혀버린
공포의 뱀 알만 만지작거리고 있네.

올해 비로소 무지의 꽃밭을 곁눈질하며
저 멀리 달려가는
배움 가득 머금은 무지개를
호드기로 불러 세우네.

생강나무 싸한 맛을 산수유 꽃잎에 접목시키는
유쾌한 봄날을 노래하려네.

소교小敎를 그리는 마음

아홉 살
장마 끝난 다음날 정오.

긴 울음 후 세수한 뒤처럼
양 볼에 양광의 은혜로움과
어떤 성스러움마저 팽팽하게 느끼면서
또는 창공에서 빛나는
버드나무 이파리의 정령 소리를 들으면서
버드나무 숲길을 걷고 있었다.
소년에게는 벅찬 횡재가 숲길 끝나는 곳에 있었다.
비바람으로 뿌리째 뽑혀 팬 곳에
쥘부채 길이만한 황금빛 붕어 한 마리가
비스듬히 누워 간헐적으로 파닥이고 있었다.

꼬마의 인생 경륜에 세 번째의 경사였다.
그 첫 번째는 꼬마 집 앞 아래
큰 수양버들이 동굴처럼 괴물처럼
군림하고 있는 다리 밑 도랑의 방천 사이에서

맨손으로 잡은 직경 일 센티 크기의 뱀장어였다.
꼬마가 뱀장어를 잡은 일은 일파만파로 퍼졌고,
그때 마침 모시 적삼 외동 형이
방학을 맞아 집에 왔으니,
그 기쁨은.

두 번째는 이미 조사釣師의 경지에
들어섰음을 보여주는 빛나는 쾌거였던 것이다.
능화 마을 소녀들의 자지러지는
웃음소리 가까운 바람보 맑은 물길 —

담비와 수달이 이리저리
뛰달리는 방천 아래 돌 사이에,
꼬마는 새끼 미꾸라지 한 마리를
미끼로 삼아 짧은 대나무 낚싯대를
앞뒤로 넣고 빼는 유인책을 쓴 지
둥글단감 한 개 먹을 시간이 되었을까,
그 순간, 그 찰나, 손이 마구

딸려 들어갈 정도의
가늘고 묵직한 힘과 큰 전율,
순발력, 꼬마는 일을 내고야 말았다.
1.5 볼트 두께의 뱀장어였으니.

뒷마당에서의 개미귀신 낚기보다
더 쉽다는 어떤 자신감이
송골송골 맺힌 땀을 한 줄기 오리나무 잎을
애무한 바람이 씻어 줄 때 느꼈던 것이다.

그러던 꼬마는 어른이 되어
주책없게도 일본, 중국의 민물고기
이름까지 외우면서 일곱 어항
물 갈다 허리 병이 생긴 것이
마치 훈장이나 되는 양
입에 게 거품을 물고
주저리주저리 사설을
늘어놓고 있기도 하다.

일 년에 고작 책 2권 읽는
대한민국과는 영원한 결별이 상책인가.
고린도전서나 반야심경은
달달 외우고 게우면서
내 이웃 풀과 꽃과 나무와
민물고기에겐 인색한 사람들이여!
서글렁탕이나 설농탕이면 어떠냐고
고래고래 큰 소리 치는
지하철 9호선 건설 현장의 저 아저씨,

당신은 옳습니다.
반딧불, 반딧불 해도
<딧>을 <딧> 안한 것만도
그 얼마나 유식하냐며
아동 독서 세미나 주제 발표자의
순진무구한 반지식半知識 너스레며,
찌게 백반이나 육개장이
무슨 밥 먹여 주냐고

마포 굴다리 옆,

돼지 껍질을 돼지 껍데기로

둔갑하여 파는

서울이란 요술쟁이 일원인

우리들의 뚱 아줌마는,

아까시나무 꽃향기의

아카시아 껌은

끝 음절 <아>가 있어

글도 살고 껌도 잘 팔릴 거라는

가난한 시인의 해석도

우리에겐 관용되어야 할

덕목인가를 깊이 생각하게 하는구나.

벌을 받아 일정한 곳에 서는 것

아닌 것도 벌서기라면

는(은)커녕을 붙여 쓰지 않는

신문사 논설위원은 어디서 무얼 하며,

문장 중 아라비아 숫자 천 단위에

쉼표를 찍는 사람이여,

당신은 도대체 사리에 옳고 그름이나,
이러하고 저러함의 분간에 사용하는
말의 경위涇渭를 경우境遇로
쓰는 자와 어찌도 그렇게 내통하고 말았는지
궁금하기 그지없구나.
석가가 앉아 성도成道한 나무가
굳이 보리수나무라고 우기면 진리는
진공 상태에서 진몰陳沒하고야 말 것 같다.
여기서 나는 진리도 환경에 따라
달라질 수 있음을 한 개의 별과
눈眼싸움하면서 깨달을 수 있다.
그리고 형제자매며, 배달민족이
못 살고 헐벗고 그러그러한 시절의
분리수거도 안 되는 허섭스레기란 것을
점점 알게 되면서
몽골이 우리 강토를 침입하여 초토화시킨
그 세월 너머, 우리 모두 몽골의 후예다.
경기도 여주에서 시 운동 펼치며

한 여인에게 이성異性적 상흔을 남긴 시인은 말했다.
"우리 모두 몽蒙 씨다!"
라고.
그러니 역사도, 운동 경기도,
바둑도, 청춘도, 사랑도, 성姓마저……
트릭을 위한 트릭 만능이다.

신도 인간을 닮아 희로애락에 깊이 물들고
놀처럼 붉게 물들고
아, 하루살이의 오른쪽 날개에 붙은
한 떨기 보얀 먼지보다 더 서글픈
현대를 사는 인간들이여!

북한산 대남문에서
고광교, 국수교, 철쭉교,
돌단풍교, 우정교, 귀룽교,
적송교, 버들치교, 박새교를 보다.

어느 시대고 그 현대인은 고뇌한다고 말했다.
내가나인것을나는모른다
6대륙 5대양의 구별은 지극히 편리 위주일 뿐.

이제 정체성으로 저기 가는 셰퍼드를 손짓하지 말자.
기러기의 정체성은,
치자나무, 복사나무의 고향은 어디냐,
현상을 보고 그 가치를 논하지 말자.
그 뿌리는 흙인 것을.
차라리 참나무 아래서
갈참나무, 졸참나무, 굴참나무, 물참나무
상수리나무, 신갈나무, 떡갈나무의
성격과 추억과 사랑과 지혜를
더듬어 봄이 고전古典 같지 않느냐.

참붕어-몰개
메기-미유기
갈겨니-피라미

가시붕어-납줄개-납지리

돌마자-왜매치-버들매치-모래무지-흰수마자

자가사리-퉁가리-퉁사리-동자개

종개-미꾸리-미꾸라지-좀수수치

물방개-물땅땅이(물땡땡이)

물자라-물장군

산초나무-초피나무

때죽나무-쪽동백나무를 구별하여

부를 수 있는 날이 왔구나.

육식성 물고기인 꺽지, 쏘가리는

인공 먹이는 먹지 않는다.

결국 굶어 죽고 만다.

살아있는 것만 먹기 때문이다.

조물주가 만든 각본이여, <트루만>의 쇼여!

집에서 기르는 올챙이는 개구리가 되기 전 죽는다.

물속의 올챙이 때는 극성이던 것이

뒷다리가 사라질 쯤에는

모두모두 죽고야 마는 것이다.
움직이지 않는 것은 먹지 않는다.
오, 삶의 정교한 프로그램이여!

자고鷓鴣 일어나 울어라. 새여. 자고새여!
한때, 터진 맹장을 부여안고 보름 동안
이 병원 저 병원 출장 다녔다.
이 시대 편작과 화타는
맹장뿌리를 씹고 있었던가?

자고 일어라 새여, 자고새여.

소교를 부르는 겨울 전란

장님과 앉은뱅이만 남았네.

전란이라
모두들 떠나고 마을은 텅텅 비었네.

어디로 갔을까?
그믐달도 떨고 있는 북풍한설 동짓달.

장님이 앉은뱅이를 업었네.

기러기러 기러기 우는 그 밤.

너는 내 다리가 되고
나는 네 눈이 되어.

우주 청산은
하전한데
아까운 인걸은 가고 없구나!

산 넘고 물 건너
정처 없는 길 떠나네.

좋은 계절 다 두고 하필이면 이 겨울에 전쟁이라니.
그나저나 전쟁은 언제나 끝이 나려나.

오랑캐꽃 보라색 봄은 멀기만 한데…….

속리산 연가

솔잎마다 매미 소리 묻어 있었다.

단절 위한 고통 쓸어내고
아스라이 피어오른
작은 역정 속의 조그마한 미련이
아직도 실눈 뜬 채
어제를 봐야 하겠는가.
층 깊은 찌꺼기 부여안고
호흡조차 초저녁 마실가도
이 밤 그런대로
하늘 보는 여유-ㄹ 갖는다.
고요에 물든 속리산에서.
귀한 가치를 늘상 모르는
내 사랑 바람이여.
우리 사랑 틈새로
신선함이 안겨올 때
그대는 귀여운 곤줄박이,
거룩한 침묵이 산자락을 휘도네.

표피와 그림자가

슬픔의 눈물방울 재촉할 때

옛사랑 이어주는 미리내 소리 찾아

문장대 깊은 뜻이

오히려 감각적이고 싶다.

앵두꽃

어린 시절, 우리 집엔 꽃과 나무가 유난히 많았다. 아버지의 취향에 의한 것이다.

모란(목단), 함박꽃(작약), 실유카, 장미, 덩굴장미, 치자(나무의 몸통 위에 나뭇가지나 잎이 무성한 부분인 수관 직경이 2미터이고, 높이는 3.5미터여서 사천군에서는 제일 크지 않았나 생각됨), 율무, 조팝나무, 불두화, 매화나무, 오미자, 결명자, 앵두나무, 석류나무, 유자나무(한 번도 결실이 없었음), 탱자나무, 뽕나무, 무화과나무, 여러 종류의 감나무, 그 중 한 나무에서 세 가지 맛이 나는, 포플러처럼 곧게 벋은 감나무며, 고욤나무 풋감을 따다 갈아 작은 소 근방 냇가에 풀어놓으면 은어가 희뜩번뜩 떠오르곤 했지. 그러나 웅달 꼭대기 끄트머리 쪽 최 씨네 둥글 단감과 감나무정 외딴집 또 다른 최 씨네 납작하고 씨가 거의 없는 단감은 늘 선호의 대상이었지.

내가 요즘 부쩍 꽃과 지난 세월에 관심을 갖는 것은, 중노인의 대열에 들어서는 징조는 아닌지.

보슬비가 한 방울 내리던 부활절 아침. 너무 빛이나 푸른빛이 감도는 매화꽃을 보고 연이어 앵두꽃 앞에 서서 자세히 관찰하였다. 그런데 단도직입적으로 말해서, 앵두꽃잎이 살구나 자두, 매화, 벚꽃보다 많이 구겨져 있음을 알았다. 갑자기 어릴 적에 어머니와 다림질하던 일이 생각났다. 어머니는 다리미에 재를 제거한 깨끗한 숯을 만드느라, 풀무처럼 입으로 불고 불어, 가뜩이나 높은 혈압이 더 높아져, 머리를 동여매고 부엌에서 나오면, 나는 벌써부터 주눅이 들기 시작했다. 사실 어린 것이 옷을 잡으면 얼마나 잡겠냐마는 어쨌든 그 세월을 아프게 보냈다. 도대체 아버지는 어디서 제때 올 줄 모르고.

아무튼 내가 제일 좋아하고 그리움에 가득한 빨간 앵두는 우리집 우물가에 있었는데, 내 어린 입맛을 돋우곤 했다. 그런데 잎 또한 골이 깊은 주름이 가득했다. 잎과 꽃잎이 다른 꽃나무에 비해 좀 떨어지는 듯해도, 귀엽고 앙증맞은 빨간 열매를 낳는다고 생각하니, 불현듯 못된 부모 밑에서 천하의 효심 깊고 어진 자녀가 태어난다는 결론 앞에 고개가 갸우뚱해졌다.

서울에서 만난 대다수 사람들에게 집에 앵두나무 있냐고 묻는 게 예사 인사였어.

그 중 홍은동 개인주택에 살던 고향이 해남이고, 전직 경찰 서무를 30여 년 본 윤 씨를 만나게 되었다. 그는 말했다. 해남에 가면 윤 씨 대종가가 살고 있는 곳은 타 지방 사람들이 얼씬도 할 수 없을 정도의 텃세가 심하다고. 그는 해남 종가에 전해 내려오는 최근세의 이야기 중에 호랑이 잡은 모험담과 남녀 음모를 모아 방석을 만들었는데, 여름에는 시원하고, 겨울에는 따뜻하여, 마치 옹달샘 같은 온기를 유지한다고.

그는 대단히 입담도 좋고 귀여운 익살 성향도 지니고 있었다. 그를 볼 때마다 광우전자 시절 수금사원 이 씨가 떠오른다. HID 상사 출신으로, 고향이 순창이었고, 진정한 칼 던지기 고수였고, 나에게 꼽추춤을 전수해준 자였다. 그때는 공옥진도 어디 파묻혀 있는지 모를 때였다. 그는 윤 씨와 다르게 안경 발라 낀 강짜 마누라가 종종 술집 입구에서 기다리고 있다가, 한창 신이 나게 꼽추춤을 추고, 우리들은 박장대소, 덩달아 지랄염병을 떨고 있는데, 용케도 어찌어찌 그를 불러 세웠다. 그야말로 고양이 앞에

쥐였다. 언젠가 비가 부슬부슬 내리는데, 우리 형제 사촌이 홍제동 종점 근처 맥주집에서 종업원과 같이 앉아 막 맥주를 마시려 하자 형수가 들이닥쳐 '나도 한 번 마셔보자' 하고 앉아버렸던 것이다. 어릴 적 학선네 주막에서 화투를 치고 있던 아버지 소리가 들리자, 어머니는 작은 방문고리를 힘껏 잡아당기며, '쇠죽은 누가 끓일 거요!' .

윤 씨는 한때 경찰서 옆에 장사하던 여인과 사귀어 깊은 정에 헤어나지 못하고, 마침내 그 여인이 그의 집에 몇 번이고 쳐들어와 큰 행패를 부렸다고 했다. 착하고 여려 동사무소도 벌벌 떨며 가기를 꺼려했던 해남 촌사람인 부인이 그러한 작태를 겪고는 시름시름 앓더니, 마침내 월경이 뚝 막혀 끊어지고, 머리칼도 점점 백발로 물들었다나 어쨌다나. 그 때가 삼십 대 중반이었으니, 윤 씨 당신 죄를 지어도 너무 지어서 마침내 인과응보의 길로 들어서게 되었어. 워낙 심하게 퍼마시고 줄곧 피워대더니, 어느 날 명동 칼국수를 앞에 놓고 입맛은커녕 구역질이 나서 견딜 수 없어 그 길로 병원에 가서 겨우 목숨은 건졌으나, 어눌한 상태, 그러니까 정상에서 한 40% 빠진, 디스카운트된 모습으로 나타나 안타까움을 자아내게 하였다. 다행히 얼굴이나 팔다리는 겉으로 보기에는 멀쩡해 보였으나 눈동자는 약간 초점이 흐렸다.

중풍은 대개 마구잡이로 퍼마신 자에게 오게 마련이지. 오죽했으면 그렇게 속 썩이고 애먹여 결국은 쓰러져 방문 밖에 얼씬도 못하는 먼 친척 매형, 누님은 미국 유학 가서 잘 나가는 아들한테 다니려갔다가 좀 한적한 카운티에 사는 아들 동네엔 초저녁에 주막이 없는 것을 보고, 이곳에 너희 아버지가 여기 와서 살았더라면 좋았으련만 하고, 눈시울을 붉히는 비단결 같은 천생 열녀였다.
자, 풍 든 놈 형태도 가지가지라, 앞에서 말한 윤 씨처럼 사지가 축 늘어지고 어눌한 놈이 있는가 하면, 어떤 놈은 오른 쪽이나 왼쪽 다리를 몹시 절고 팔 또한 한쪽이 곰배팔이처럼 온전하지 못하면서도 가운데 것은 오히려 예전보다 더 강해져, 소위 절륜하다고.

지금 회고하건대, 그 작자 술꾼이라네 하는 놈 치고 제명 다하는 것 못 봤어. 특히 풍에 맞은 놈은 대개 두주불사며, 친구 좋아 권커니 작커니 밤새워 퍼마시기 일쑤고, 담배 또한 체인스모커라 집에서 대우 받기는 벌써 글렀다네. 그러니 사고가 난 날은 거의 부부싸움에다 알량한 자존심은 있어, 휙하고 골방 찬방에 가서 자다가 변을 당하곤 하지.

한편 일찍 죽음에 이르는 다양한 형태 중에는,
첫째는 태생적 DNA가 문제인 경우인데, 이에는 내 친척 광성 아저씨, 광주 친구 김이다.

두 번째는 사고인데, 거창 정鄭인데, 자기 큰아버지 댁에는 딸이고 아들이고 아예 자식이 없어, 부득불 양자로 갔는데, 결국은 양가 독자가 된 셈이었다. 거창에서 이름깨나 듣는 부자였는데, 잘 다니던 율산이 망하고, 소공동 지하매점에서 최고급 비디오 등을 팔다가 그것도 제대로 풀리지 않자, 에라 모르겠다. 처자식 데리고 고향으로 내려갔던 것이다. 간 지 한 일 년 남짓 되었을까. 그의 부음이 청천벽력같이 들려왔었다. 그의 고향 내리막길 오토바이 사고는 너무도 젊은 나이에 일어나서 아직도 실감이 나지 않는데, 그 또한 신입생 때 당구 400을 친 한량이라, 아무래도 나 같은 촌놈과는 생활 패턴이 많이 달랐으리라. 여기 몇 년 전에 죽은 이 씨 성을 가진 친구는 학창시절 클래식에 정통했고, 인심이 아주 후해서 종종 친구들을 자기집에 데려가기도 했으며, 서울대 불문학과에 다니던 형이 약간 자폐증 증세를 보여 속을 썩이기도 했으며, 큰형은 워커힐 아파트 복층 200평을 소유한 상위 1%에 해당하는 자였으나, 그가 죽기 전 자폐증 형을 제외한 전 형제자매가 암에 걸려 고생하곤 모두가 집안이 풍비박산, 거들 났다고 했다. 그는 내 시를 가장 눈여겨 봐준 소중한 자였으나 술 담배가 너무 과했고, 결국에는 손 떨림이 찾아오더니 다리까지 절뚝거렸다. 연말 모임에 나타나서는 친구들 이야기만 멍하니 듣고 있다가 술잔을 건네고 몇 잔 걸치면 눈에 총기가 되살아나는 듯했다. 죽기 일주일 전쯤 친구들한테 돈을 빌려달라고 하여 각자 십시일반 주었는데, 갑자기 죽었다는 소식을 지하철 구내에서 친구가 전했다. 그도 신입생 때 벌써 당구 500을 쳤으니, 그도 평범의 범주를 벗어난 셈이었다.

세 번째는 자기 몸을 다스리지 못한 경우인데 허許라는 친구다. 그는 중학교 때부터 일본으로 도망친 아버지를 대신하여 어머니와 동생들을 건사하느라 과외교사를 하였는데, 집을 온통 독서실처럼 꾸며 놓고 학생을 가르치고 있었다. 그런데 욕심이 좀 과

해, 그놈의 돈이 눈에 선하여 방학 때마다 축농증 수술을 놓치고 임시방편으로 약으로 때우고, 더 나아가 밤낮 없이 생활하고 게다가 선생끼리 모여 포커를 하며, 피곤한 몸을 온탕에서 풀고는 햄버거 하나로 대충 때우고 또 직업전선에 임했으니, 그 전선이 얼마나 치열했는가는 학원가에 얼쩡거려본 자는 알지. 그는 한때 참고서도 만들어 출판했고, 불미스런 일로 신문에 나기도 하고, 그것을 비판하지 않고 오히려 인기가 치솟는다고 궤변을 늘어놓던 홍이라 작자는 지금 뭘 하고 있을까. 그는 A급 강사로 그 위상을 드러내기도 했어. 사실 서울 사대 출신이 다잡고 있는 유명학원가에서 사립대 출신이 득세하기란 여간 힘들지 않지. 나는 똑똑히 기억한다. 그 당시 우리 네 명은 연말에 한 번 만났는데, 그의 몸이 해마다 점점 안녹산처럼 되어가서 무척 염려를 했는데, 설상가상으로 만나면 쇠고기를 먹자고 제안하는 게야. 결국 심한 심근경색으로 사지를 잘라내 봤지만 허사였지.

네 번째 경우는 뭐랄까, 과대망상 내지는 위선자, 변절자의 표본쯤 해두자. 그는 원래 몸이 쇠약해 재학 시절 위 수술도 하고, 별 거 다했는데, 노동운동한답시고 껄떡대다가, 아무개 도움으로 신문사 산하 잡지사에서 몇 년 일하다, 신문사 기자가 되더니, 처음엔 제법 날카로운 정론을 펴다가 서서히 속세의 때가 묻더니, 내 말은 안중에도 없고 직원 모두가 기피하는 모 인사를 칭찬하는 변괴를 보였던 거야. 나는 심히 놀랐어. 점점 그와 멀어졌어. 그는 기관이나 단체나 회사에서 마련한 기자실에 박혀, 오랫동안 간사다 뭐다 하면서, 고스톱에다 술판에다 자욱한 담배 연기 속에서 정신과 육체가 점점 혼미해져 갔지. 결국 마지막이 된 병문안 차, 아들이 운영하는 일산 로데오 거리 파스타가게에서 대충 사먹고 집으로 갔었지. 그런데 그때가 죽기 삼 개월 전인데 담배를 피워댔으니 남은 간인들 배겨났을까.

끝으로 내 고향 나이 어린 친척 아저씨의 죽음에 대해 말해 보려해. 그 양반 대장암에 걸려 세브란스에 입원하고 며칠 후 방문했을 때는, 고향 가서 몇 개월 요양하고 오면 된다고 하다가, 죽기 보름 전 다시 입원하여 갔더니, 내 손목을 잡고, 이 세상에, 특히 건강에는 '설마' 가 없다면서, '나는 북두칠성이 점지한 자식이기에 괜찮겠지' 하는 것만큼 허황되고 위험한 발상은 없노라고. 생각난다. 그 양반 생전에 입담이 좋아 참 재미있는 이야기를 잘했다.

어디서 주워들었는지, 다양한 전래동화를 자기나름대로 이것저것 짜깁기를 통해, 재해석하여 들려주었다. 그리고 유행가 신곡은 첫 소절만 외워 흥얼거리다 다시 다른 곡으로 넘어가는 버릇도 있었다. 부산 동사무소를 시작으로 농수산부 사무관까지 올랐는데, 공무원은 통계 자료를 만들 때 공처럼 둥글게, 두루뭉술하게 만들어, 기자가 묻거나 상부에 보고할 때, 이쪽에서 보면 저것이, 저쪽에서 보면 이것이 통하게 만들어야 한다는 거야. 그것이 공무원이 지켜야 할 중요한 지침의 하나라니 기막힌 일이야. 지금도 그것은 유효하리라. 또한 경상도 정부다보니 장관이 거의 호남 양반이 오다보니 지역 덕을 누리지 못하노라고, 차라리 호남 정부가 들어서면 당연히 경상도 장관이 오게 되면 좀 덕을 보지 않겠느냐고 우스갯소리로 푸념을 해댔어. 그 양반 중국 북경대 유학 가서 덜컥 병에 걸리고 말았는데, 처음엔 항문에 피가 나와서 치질 초기인가 하고 예사롭게, 그놈의 '설마' 가 여기서 대악마로 돌변했던 거야. 그가 떠난 며칠 후 해거름 때 부천 원미산에서 그 근방에 살고 있던 이, 최, 손과 만나 그 양반이 좋아한 애잔한 노래를 부르면서 울먹거렸다.

'바람에 흩날리는 꽃잎처럼

쓸쓸히 가버린 너의 모습
그리워 흐르는 뜨거운 눈물
아, 이 밤도 그대여 안녕히
바람에 흩날리는 낙엽을 밟으며
너와 나의 영원한 사랑을 속삭이며
아, 그대여 이 밤도 안녕히'

봄의 꽃물이 온 몸과 맘에 물든 내가 앵두꽃을 보고는 잠시 회상에 젖었던가.

영역의 노래

— 코스모스秋英의 경우

신이 최초로 만든 꽃
코스모스 한 송이가 우박에 꺾였다.

97년 전 어느 날
너와 나의 할배 할매가
가리가리 눈이 멀어갈 때
저 멀리 '아카풀코' 항구에서
흔쾌히 이민선에 몸을 실은
도깨비바늘 같은 검은 활이여.

한해살이란 천형 같은 DNA를 안고
그나마 제 명을 누리지 못한 채
스러지고 뽑히고 병들어 내동댕이쳐진
예기치 못한 죽음.

한 줄기, 한 송이 개체의 죽음은
군집 속에 파묻혀 흩어지고.

무량대수 세월의 이쪽저쪽에서
사라지고 몰려올 존재들.

이 순간, 신은 개체들 평균 수명의
오차 범위를 넓혀 놓은 채
무책임을 베고 누워 긴 오수에 빠졌다.

코스모스 꺾은 우박도
양떼구름 아래 자행되고 있음을 즐기면서.......

아, 오늘도 코스모스 만개를 그리워하며
나와 코스모스의 올바른 영역을 찾으러
〈플라톤〉의 깊은 동굴로 달려가고 있다.

우면산

올봄,

유난히 밝던 달밤.

목련꽃 사이로 핀 벚꽃을 잊을 수가 없네.

꽃잎 하나, 떨어질지라도.

봉오리 하나, 영영 펼치지 못할지라도.

미치고 환장, 끝내 몸부림치는

그리움으로 변하고 말았네.

오늘 오후,

우면산 약수터.

형형색색의 단풍을 보고 한동안 멍한 채

가버린 많은 사람들이 단풍잎 한 잎 한 잎에

달려 있는 꿈을 꾸었다네.

그리고 속절없이 떨어지는 꿈을.

목련이 피고 지고,

벚꽃이 한창 몽우리 오를 때 시작된

슬픈 젊은 영혼의 울부짖음을 간직하고,

제7호 태풍 곤파스KOMPASU가 사위四圍를

짓찢어놓는 폭력의 여름을 뒤로 하고

온갖 풍파가 잎마다 상흔을 내어
그 자리에 성숙하게 자리 잡은 이 단풍이
오늘로서 그리움을 추억하게 하는 장엄한 역할을 끝날는지
아니면 이 순간부터 내년 봄까지 청춘의 뛰는 심장을 안겨 줘,
가눌 수 없어 긴긴밤을 홀로 울어 지새워야 할는지.
나는 알 수가 없네.
아, 마침내 달빛 아래 빛나던 벚꽃과 목련의 그 황홀함은 서서히
사라지고,
미치도록 찬연했던 나날도 서서히 쓰러지고
마침내 그 자리에 단풍의 위대한 질곡이 찾아와
마침표를 찍고 말았는가.

은어가 사라졌다

내 고향에 은어가 많았다.

고대수의 의리
장씨부인의 음식디미방
임윤지당의 자유
최명희의 혼불

계주桂洲의 고매
이황의 너그러움
탕왕의 일일신우일신
조지훈의 지조

자작나무, 모닝글로리, 백설기, 설중매, 몽블랑, 밤하늘의 트럼펫, 그믐달,
월야의 공동묘지, 프라하의 봄, 불란서 영화, 초야의 신부, 비비안 리,
몽고메리 크리프트, 프란츠 카프카, 설국

아침이슬보다 더 영롱하고
새별보다 찬연한

그런
은어가 사라졌다.

인류가 겪고 있는 고통에 대한 참을 수 없는 연민

삭풍의 한 가운데 내던져진
내 친구 오이디푸스와 리어,
그리고 천추태후가
평명平明도 의식하지 못할 즈음
누님은 가매假寐 상태의
펠레스를 죽장창으로
찌르고 찔러서 살해하고 말았다.
두 개 중 하나만 쓸쓸히 남아
옛 위용에 젖어 있는
상사바위 위에서 자라던
정육면체 산돌들은
이 마을 저 마을 악동들의
무서운 재작으로 영영 사라져
이제는 쇠내사람 가슴 속에
가리라, 살리라, 전설되어.
홍무산의 해오라비난초
멸종하던 날이었다.
죽음 앞에 보이는 청록색 자유여,

피 묻은 자유여!

하여,

그 여름날,

무지개를 물고

자시기 황톳길을 달리던

그 잿빛 산토끼는

지금은 어느 영마루로

쉼 없이 달리고 있는가.

산비탈로 굴러 떨어진 외톨밤은

개암나무낙엽더미 속에서

배태의 설렘에

두 손 꼬옥 모으고 있는가.

아, 인간은 노력하는 한 방황한다는

미모사보다 더 가녀린 명제를 강요하며

저 멀리,

안개 애애한

도시의 하루 속으로

나를 인계하려 서성대고 있을 때

봄이 겨울의 역 화살에 맞아
인식이 열두 번 거듭 깨어나려는 순간
눈 덮인 도산밭골 저 너머로
함린을 구원하려는
영원히 여성적인 낙랑 여인 하나가
아련히 등불 들고 오고 있으니…….

긴 함묵만을 머금은 채로.

잠원동 가로수 나무를 보면서, 휴일을 회상한다

가죽나무의 줄기 색이 저렇게도
검었어야 쓰겠는가.

본래의 갈색 띤 얼굴이 검어진 것은
순전히 매연 때문이라고 치부할 건가.
나는 단연코 아니라고 생각한다.
그것은 가죽나무 스스로 검정이
차라리 편리하기 때문에
그 길로 들어 선 것이리라.

저기 저, 플라타너스를 보라.

우리의 귀한 자식이 밤새
혼탁의 피부를 짓누르며,
울부짖는 아토피를 어찌도
고렇게 예견하고, 예단했던고.

나는 오늘도 먼 대천에 다녀오면서,
많은 세월, 교과서로만 노래 불렀던
자연에 대한 그릇된 인식에 고개를

절래절래 흔들어 보기도 하였으니,
그것은 찔레꽃이 아닌 조팝꽃이었지.

나는 대절 버스에 함께 탄
중학교 동창을 멀리한 채
봄날의 감격을 애잔한 눈빛으로
관망하고 있었어.
나의 봄날은 가지 않고 오고 온다고.

진정 조팝꽃을 기억하는가,
아니라면 이 순간부터 꼭 해야 하네.

조팝꽃 흐드러지게 핀 평택항이
보이는 길에서 봄이 온 것을 실감하고,
마치 개나리와는 어사화 모양을
하고 있다고 나름대로 큰 발견이나
한 것처럼 어깨를 으쓱도 해보면서,
어저께 양주의 회암사지에서,
인간의 골육상쟁이 인간의 큰 가치를

형성하고 이어졌음을 생각하니,
가슴이 답답하고, 한편,
나의 무지가 부끄럽게 느껴져,
한 무더기, 한 포기 양지꽃에 마음을 얹어본다.

그날도 빗살현호색, 못생긴 왜제비꽃,
보라색 별이 반짝이는 큰구슬붕이,
큰개불알꽃을 상상하고, 우리가 보았던
붓꽃 종류가 아마도 난쟁이붓꽃이 아닌가 보며,
그것은 각시붓꽃은 진하디진한 보라이니까.
나는 남한산성에서 보았던 귀하디귀한
노란붓꽃도 일곱 포기 보았다.
세잎양지꽃, 방가지똥이 있었고,
애기나리는 아직 일렀고,
태백산의 투구꽃이 그립고,
토끼풀인 쑥부쟁이도 보이지 않았다.
회암사 우물 위에 서 있던 줄벚꽃
위용에 오히려 황매화와
홍매화가 수줍어하는구나.

그렇게 봄날은 가고, 또 오고 있구나.

나는 항상 이 마을 저 마을로

인간의 체취를 채집하는

이 시대 진정한 패관이 되리라.

이미 그 길에 들어서고 있느니라.

진달래 · 오빠

나에게 진달래는 <오빠>다.
멀리 현풍, 진주, 창원에서 들려온 <옵빠>.
몇 십 년 만에 같은 하늘 아래
실감나지 않을 정도
인생의 수명이 천만 년이라도 되는 양
넉넉히 그 언젠가는 만나리, 만나리.
그러나 세월은 쉬 가고 우리는 옛 씨족 마을만
생각의 반쪽에 집어넣고 살다보니
늘 크나큰 괴리에 꺼억꺼억 흐느낀다.
그렇다. 그 오빠의 역시 오빠의 유래는
그래서 섹슈얼하고 정감 있고 생동감 있고
그리움이다.
사람들아, 나름대로 큰 회사
간부하다 낙마나 하차나
그들이 정한 골인 지점에 도달하여
되돌아 갈 수 없는 사람들아.
고작 간다는 것이 부인이 마련한 종교이더냐.
우리는 늘 우스개로 남편 속 썩인

여편네는 종교에 가고
자식이 병들고 불행하고 죽으면
여편네의 삶이 흐느적거리고
그런데도 남편이 속 썩이면
쌩쌩하다고 누군가 말했다.
우리나라 국화를 진달래로 하자고
그렇게 되면 사람들은
진달래술을 담가먹을까 하고
괜한 생각도 해 본다.
가천 명지대 너른 터에서
혹은 황토가 천지인 분기담
윤 씨네 사랑에서
〈옥녀야 잊을쏘냐 헤어질 운명〉 하고
최무룡의 〈원일의 노래〉를 불러 제꼈다.
바깥에는 꼬마들이
입술 주변에 대나무 깜부기가
검게 타고 있고,
읍내에서 비행기의 낮은 소리와
선진리 뱃고동 소리가 서로 섞여

갈 길을 잃고 구룡못 하늘 위에서
맴돌다 낙하하고 있다.
아, 그립다 못해 피 토할 것 같은
고향의 어린 추억,
모처럼 그리움에 취해,
진달래에 취해,
옵빠에 취해,
그리움의 자살에게로
내 영육을 맡기고 싶을 뿐이다.

첫눈과 007

읍내에서 자취하던 정두 누나는 축농증이 심했다.
사천전화국에 다녔는데, 늘 피곤하여 전화국 책상 앞에 엎드린 채 토막잠을 잤기 때문이란다.
워낙 바느질 솜씨가 빼어나 틈만 나면 가용에 보탠다고 아이디알 미싱 앞에서 한복을 만들기도 했다. 그 솜씨는 아마 아버지요, 내 오촌 당숙의 피를 받지 않았나 생각된다.
오촌당숙은 우리 마을 물레방아를 돌린 마지막 인물이었는데, 아침 일찍 일터로 나가시면서 추위를 이긴다고 대선 생소주 한 사발에다 깍두기 한두 개를 안주 삼는 게 일상화되었다.
남의 말하기 좋아하는 마을 사람들은 숙모를 흉보기도 하고, 개중에 용기 있는 사람은 직접 대놓고 나무라기도 했다. 왜냐하면 아침 일찍 일터로 나가는 남편을 위해 뜨끈한 국물 한 사발을 마련할 수도 있으련만. 그러나 숙모에게 그런 것을 바란다는 것은 진주 남강에서 숭늉 찾기와 다름없었다. 그것은 숙모는 눈앞에 닥치는 것 외는 모르는 사람이었기 때문이었다. 무슨 생각을 하고 자시고가 없는 그야말로 뇌가 공룡 두뇌만큼 작은 핑퐁만 했기에.
아무튼 오촌당숙은 말년에는 커다란 혹이 만져질 정도로 복수가 차서 돌아가셨다. 말기 간암이었다.

아, 오촌당숙이 돌아가실 즈음 해괴망측한 사건이 있었으니, 일종의 마을의 비곡秘曲이요, 어떻게 보면 비곡悲曲으로 치부되고 있나니.

— 인정 많고 마음 착하기로 소문난 숙모는 남편이 말기 간암으로 판명되었을 때 비로소 자기를 뉘우치기 시작했다. 동네 유일의 물레방아를 공동 운영하다가 사십 중반에 간경화로 앓아누웠을 당시, 어느 어둑어둑한 겨울 초저녁, 키가 조선 말기 궁녀였던 고대수顧大嫂를 방불케 하는 중년 여인이 양털 모양이 박힌 낡고 거친 검은 외투를 입고 나타나 자기야말로 남편의 병을 고치려고 나타난 사람이라며 중얼중얼, 일단 밥을 대령하라 하여 시금치나물에, 가죽자반, 기름 자르르 흐르고 통통한 제주은갈치 굽고, 계란 세 개 삶아, 쌀밥 고봉을 두 그릇 대령하자, 또 무슨 주문을 알아듣지 못할 정도로 외운 뒤, 밥 위를 열십자를 긋고는 뚝딱 해치우더니, 구경꾼 다들 부정 탄다고 가라며 한숨 때리고 그렇게 사흘이 지나자 한 중년 봉사 남자가 어여쁜 열두 살 여자 아이의 안내를 받으며, 쇠산댁으로 들어서는데 그녀와 봉사는 부부며, 그 사실이 알려져 자식 귀한 붙들네집 수양딸로

두기로 하고 그 대가로 우선 쌀 세 말을 얻어 남편은 평산 오촌 달구지에 실려 사천 읍내로 갔는데 여인이 어느 야밤에 손을 비빈 후 감시가 소홀한 틈을 타, 수양딸을 데리고 사라진 그날, 마을 누군가가 세 사람이 서로 웃으며, 읍내 쪽 자시기 고개를 넘는 것을 목격했으니. 봉사도 무엇도 다 가짜였던 것이고, 그들은 전국을 그 비슷하게 사기 쳐 먹고 다녔는데, 태철은 그들이 떠난 이틀 후 결국 머나먼 곳으로 가고 말았던 것이다.

그러그러한 사연이 묻은 누나의 좁은 자취방 책꽂이에 007시리즈 한 세트가 꽂혀 있었다.
나는 생각했다.
전화국과 자취방을 오가고, 종종 한복 만들기, 2주에 한 번 꼴로 고향 일 거들기 등 단조로운 일상을 훌훌 떨치려고 007을 보는 게 아닌가 하고 생각했다. 이 세상에서 자유롭게 쏘다니는 멋쟁이 제임스 본드가 되고 싶은 것은 아니었는지.
이참에 나는 고향의 누나들을 깊이 생각해 본다.
오늘같이 눈 내린 다음날이면 읍내 보라매 사진관의 미남사진사 총각이 출장오곤 했다. 어린 나는 생각했다. 누나들은 사진을 찍

기보다 그 총각의 스포츠용 자전거와 멋진 유니폼과 색안경과 포마드로 빗어 올린 올백 머리를 보려고 하는 것은 아닌지 하고. 그런데 항상 사진 배경은 마을 우물가였다. 아마 누나들의 온갖 정보 교환과 애환과 넋두리를 토로할 곳, 즉 삶의 터전이 아니었나 훗날 생각하게 되었다.

그런 누나가 어젯밤에 죽었다.
딸네집 목욕탕 바닥에 넘어져 뇌진탕으로 가셨다.
평소 고혈압이 문제였을까?
매형이 떠난 지 꼭 10년째 되는 날이었다.

지난달부터 가까운 사람, 여섯 번째다.
원조, 장영, 순태, 위동, 쌍연, 재한,
유경, 영철, 광중 그리고

해거리와 두문동

두문동에 아파트 공사가 한창일 때
불도저에 파헤쳐진 세월 저 너머
아쉬움은 편년체 되어
흙먼지에 흩날렸고
전내기를 마시고
가신임을 잊으려 해도
그리움은 인광처럼 빛나고 있었네.

그 시절
차라리 남녀추니가 되어 선화 공주가 되어
고려생 조선인이 되었다한들
그 누가 후세에 며느리밑씻개만한 의미-ㄹ 주었으리.

아직도 내 착하디 착한 이웃은
그들의 죄인이 되어
오늘도 감방에서
수갑만을 만들고 있는데.

아, 한 마리 망토개코원숭이가

절벽에 붙어

무섬의 동짓날 밤을 지새는 것보다

더 덧없는 역사 앞에서

구절초 지는 이 가을밤에

생활의 두문불출자가 되어

삶의 이인증 환자가 되나보다.

해거리와 상수리나무

해거리는 신이 자신의 삶을 연장하려는
작은 바람의 산물이며,
사계와 계절 없음 사이를
만들려다 실패한 것이고,
그것도 아니면
일 년 24달을 일 년 48달로 정하려다
망각의 늪에 빠진 것이리라.
순수한 해거리는 도약의 무엇.
긴 슬럼프 기간.
내일을 위해
내년을 위한
슬기로운 배태기.
어느 아득한 먼 옛날,
나는
이 시기에
상수리나무열매가
올해 꽃핀 다음해 십 월에 열림을 생각하며,
현사시나무의 황홀한 합창을 들으며,

단감나무의 부모가 고욤나무임을
거듭 생각해보면서,
또한 개옻나무 붉은 줄기가 독 오른 지네와 같고
젊은 체조 선수나 에어로빅 선수와 같다는
다소 해괴망측한 발상을
이상李箱 시절의 해쓱한 시인처럼 해 보면서,
역사를 삿대질한 헛된 자아를 질책하게 되느니,
아, 바람은 스스로 소릴 내지 않는다는
다소 철학적인 인생의 순리에 길들여진,
자신의 작은 용기에
두 손 불끈 쥐게 되는 것이다.
그러나 그것은 시작에 불과했을 뿐.
그 페탄틱하고,
아리스토클래틱한 것은 급기야는 주변 사람과
별리하는 결과를 낳고 말았으니.